Gerrit Jan Appel

Frag doch das Vanilleeis!

Roman

2. Auflage

Bibliografische Information der Deutschen Nationalbibliothek:
Die Deutsche Nationalbibliothek verzeichnet diese Publikation
in der deutschen Nationalbibliografie, detaillierte bibliografische
Daten sind im Internet über http://dnb.dnb.de abrufbar

Herstellung und Verlag:
BoD - Books on Demand, Norderstedt

ISBN: 978-3-7357-6017-3

1

Als Jette Lüders und ihr Mann Klaas die Landwirtschaft aufgaben, um nur noch Feriengäste auf ihrem Bauernhof in der Nähe von Burg auf Fehmarn zu beherbergen, wurde das allgemein belächelt. Gewiss, der weltweit bestaunte wirtschaftliche Auftrieb in Deutschland sorgte dafür, dass sich immer mehr Bürger eine Sommerfrische an der See leisten konnten, wenn das Geld schon nicht für das in einem Schlager der Saison so verlockend besungene Rimini reichte.

Entsprechend groß schien der Kuchen im eigenen Land zu sein. Von diesem versprachen politische wie wirtschaftliche Würdenträger der Insel Fehmarn obendrein ein besonders großes Stück, wenn in ein paar Jahren die Fährverbindung von Puttgarden nach Rødby Færge in Dänemark ihren Dienst aufnehmen sollte, die jetzt noch ihren Ausgangspunkt in Großenbrode auf dem Festland hatte.

Doch so richtig konnte sich das alles kaum jemand vorstellen, auch wenn die Bauarbeiten für den neuen Hafen im Norden der Insel und für die Brücke zum Festland im Süden bereits begonnen hatten. Die allgemeine Meinung war, dass die Betten der bestehenden Hotels und Pensionen vollkommen ausreichten und sogar zuviel sein könnten, wenn die bald hereinbrechende Masse an Transitreisenden alte Stammgäste vertrieb, indem sie die bislang herrschende Idylle zerstörte. Bald würden die Alleen und Redder der Insel mit Autos vollgestopft sein, statt der Ostseebrise würde man hauptsächlich Benzin riechen. Vom Qualm, den die Fährschiffe im Hafen und die Dampfloks vor den über die Insel brausenden Fernzügen von und nach Kopenhagen, Stockholm, Hamburg, Paris, Rom oder Hoek van Holland ausstießen und über dem Eiland verteilten, ganz zu schweigen. Die Stimmung war gegen diese "Vogelfluglinie" und ihre Begleiterscheinungen - oder zumindest von großen Zweifeln durchsetzt.

Und überhaupt: Ferien auf dem Bauernhof! Das erschien vielen als eine vorübergehende Mode, die vor kurzem durch eine Reihe von Heimatfilmen mit Heidi Brühl befeuert worden war und in nicht allzu ferner Zeit wieder verglühen würde. Man prophezeite die baldige Pleite.

Mehr als fünf Jahrzehnte später hatte der Dünenhof alle Kassandrarufe mehrfach widerlegt und das Geschäft war von der inzwischen verwitweten Jette Lüders an die nächste Generation übergeben worden. Genauer gesagt, an die übernächste, denn ihr Enkel Holger Clausen war nun der Herr im Haus.

An diesem Morgen stand Holger vor einem gut gefüllten Tisch und musterte eingehend die Schüsseln mit Würstchen, Schaschlikspießen und marinierten Steaks, die vier langen Baguettes und die große Schüssel mit selbst angerührter Kräuterbutter. "Wir haben viel zu wenig zu essen."

"Du spinnst", erwiderte Christoph Collingsen, denn auch er hatte die Schüsseln genau unter die Lupe genommen. "Meine Mutter sagt immer: *'Acht waren geplant, zwölf sind gekommen. Kipp Wasser in die Suppe, sag zu allen 'Könnt reinkommen!'*... oder so ähnlich."

"Deine Mutter ist eine weise Frau."

"Für gewöhnlich macht man das aber erst, wenn tatsächlich mehr Gäste auftauchen als eingeladen sind. Warum du das immer schon vorher machst, wird mir auf ewig ein Rätsel bleiben. Wir sind heute Abend zu viert. Das da reicht locker für zehn. Zumal Kerstin noch Salate mitbringen wird."

"Das macht man auf dem Land nun mal so." Damit war für Holger alles gesagt. Dabei wohnte er noch gar nicht so wirklich lange auf dem Land. Im Grunde war er ein Stadtkind, trotzdem kannte er sich aus, denn er hatte seine Großmutter Jette unzählige Male auf dem Hof besucht, als Gymnasiast hatte er hier sämtliche Ferien verbracht und sich mit tatkräftiger Hilfe im Betrieb sein Taschengeld aufgebessert.

Bis zum Ende des vorvorletzten Jahres hatte Holger in Hamburg bei einer großen Spedition gearbeitet. Dann hatte Großmutter Jette, familienintern nur als *die göttliche Jette* bekannt, den Entschluss gefasst, ihrem Enkel sein Erbe schon zu Lebzeiten anzubieten, denn "ich gebe lieber was mit der warmen Hand ab als mit der kalten." Holger hatte nach einigem Überlegen angenommen, zumal er von seinem alten Job die Nase gestrichen voll gehabt hatte. Seitdem hatte der Dünenhof einen neuen Herrn. Oder besser zwei, denn

Holgers Hund Charly hielt sich für mindestens ebenso verantwortlich, dass alles seinen rechten Gang nahm.

Christoph war regelmäßiger Gast hier. Sich anmelden oder gar eine der Ferienwohnungen mieten musste er dafür nicht. Er schlief in dem etwas abseits stehenden alten Knechtshaus, in dem Holger wohnte. Er schlief sogar mit Holger in einem Bett, nachdem sie lange gebraucht hatten zu erkennen, dass sie mehr als nur gute Freunde waren. Weil Christoph jedoch einen gutgehenden Laden für neue und antiquarische Bücher in Hamburg besaß, kam er nur an den Wochenenden auf die Insel. Das Arrangement klappte bestens; mittlerweile standen sie kurz vor ihrem zweiten Jahrestag.

Der Dünenhof hatte früher zu den fünf größten landwirtschaftlichen Gütern auf der Insel gehört. Einige Gebäude waren über die Jahre hinweg abgetragen worden, besonders nach dem Krieg, als es kein Baumaterial gab und Schäden mit Teilen anderer Gebäude ausgebessert werden mussten. Trotzdem war immer noch ein recht großes Anwesen übrig geblieben. Seit dem letzten Jahr gab es sogar Platz für einen Indoor-Spielplatz. Familie Köster, die zuvor eine der Scheunen als Lager und Reparaturwerkstatt für ihre Strandkorbvermietung gepachtet hatte, war auf einen eigenen Hof bei Meeschendorf gezogen.

Im Moment war der Hof komplett ausgebucht, die Sommersaison in vollem Gange. Heute Vormittag würden vier der sechs Apartments frei werden, um gleich am selben Nachmittag neue Gäste aufzunehmen. Ganz normales Geschehen für einen Sonnabend im

Juli.

Auf dem Nachbarhof der Familie Jespersen ging es ruhiger zu. Von den vorhandenen acht Ferienwohnungen wurden in diesem Sommer nur vier vermietet. Jörn Jespersen hatte um Ostern herum einigen Stress mit der Gesundheit gehabt, worauf seine Frau Kerstin ein Machtwort gesprochen und dafür gesorgt hatte, dass er eine Kur bekam. Am Montag sollte es losgehen. Für den Abend hatten Holger und Christoph die beiden zu einem Abschiedsgrillen eingeladen.

Bis dahin war noch einiges zu tun. Holger und Christoph ließen das Grillfleisch im kleinen Kühlhaus der Wirtschaftsküche zurück. Diese war ein Relikt der Zeit, als es auf dem Hof noch Viehwirtschaft mit zugehörigen Schlachttagen gegeben hatte. Die göttliche Jette hatte sie bewusst erhalten. Sie hatte als eine der ersten auf der Insel erkannt, dass Badegäste sich irgendwann nicht mehr nur mit der Natur, dem Ostseeklima und Badetagen am Strand zufrieden geben würden. Sie wollten mehr erleben. Folglich hatte Jette auf dem Hof Saisonfeste - heute sagte man Themenparties - zu Anlässen wie Rapsblüte, Mittsommer und Kartoffelernte ins Leben gerufen, bei denen natürlich auch Essen serviert werden musste. Hausgemachtes, wohlgemerkt. So gab es Rustikales aus dem Schmortopf, vom Grill und aus der Fritteuse, Menüs mit Fisch frisch vom Kutter oder holsteinische Landküche. Serviert wurde nach Wetterlage mal draußen, mal drinnen in einem der noch übrig gebliebenen Wirtschaftsgebäude.

Holger hatte die Tradition übernommen, allein schon,

damit die göttliche Jette weiterhin etwas zu püttschern hatte. Jette Lüders und ein ruhiges Altenteilerleben waren nicht wirklich für einander bestimmt. Auch an Tagen wie heute, wenn in mehreren Apartments gleichzeitig der "große Wachwechsel" anstand, fuhr sie mit dem Fahrrad die zehn Kilometer von ihrem als Ruhesitz gedachten Häuschen bei Dänschendorf auf den Dünenhof und half beim Putzen. Die neuen Gäste sollten schließlich alles sauber vorfinden.

Jette wartete bereits, als Holger und Christoph zum Knechtshaus zurückkehrten. "Wo habt ihr euch so lange rumgetrieben?"

"Oma, es ist kurz nach acht", erwiderte Holger. "Bis auf die Stenzengrubers, die wie immer schon um fünf gen München aufgebrochen sind, haben die anderen noch nicht ausgecheckt. Ist ja noch bis zehn Uhr Zeit. Geh du mit Christoph einen Kaffee trinken, ich bringe dem Witwenclub das Frühstück."

Der Witwenclub bestand aus vier älteren Damen aus dem Ruhrgebiet, die sich jedes Jahr eine mehrwöchige Auszeit von ihren Pflichten als Hausfrau, Oma, Chorschwester und Kassiererin im Kegelverein nahmen. Abwechselnd ging es an den Bodensee und nach Fehmarn, in diesem Jahr war wieder einmal die Insel am Sund dran. Zuerst war der Witwenclub überrascht gewesen, frischen Wind auf dem Dünenhof zu erleben, doch jetzt waren sie begeistert von "diesem flotten jungen Mann."

Holger stellte wie jeden Morgen einen gut gefüllten Korb für ein ländliches Schlemmerfrühstück zusammen und brachte ihn zu Apartment eins. Schon als er sich dem Hintereingang näherte, hörte er die Frauen durch die offene Terrassentür schnattern: "Die modernen Schlüpfer, die die Kruse bei mir nebenan neulich im Wäschekorb hatte, konnten aber nicht die von ihrem Kerl sein. Der trägt doch nur Feinripp weiß. Ob die wieder was nebenbei laufen hat?"

"Die könnten auch von dem Sohn sein - der ist doch so tragisch veranlagt. Du weißt schon, Schätzeken."

Holger mochte diese boshaften alten Schachteln, weil sie sich so gar keine Mühe machten, leise und dezent zu sein. Sie posaunten alles in die Welt hinaus, was ihnen gerade in den Kopf kam.

"Sagen Se mal", sprach eine der vier ihn an, als Holger den Korb unter vielstimmigen Ausrufen größten Entzückens abgestellt hatte. "Sind die Eier auch wirklich frisch?"

"Aber natürlich doch, Frau Hielscher. Die Henne hat das freudige Ereignis heute um vier Uhr früh sofort nach dem Legen getwittert." Holger zwinkerte ihr zu.

"Wat hattie?"

"Lass ma, Gisela", schaltete sich die einzige der Damen ein, die ihr Haar gefärbt hatte, leider in einem höchst unvorteilhaften Rot, das die Frisur wie eine Plastikperücke für den Karneval wirken ließ. "Dat kennze nich, dat hat wat mit Computern zu tun."

"Wie ham Se dat genannt?" fragte Gisela Hielscher noch einmal.

"Twittern", antwortete Holger. "Heißt soviel wie zwitschern."

"Wat hat dat mit Vögeln zu tun?" wunderte sich Gisela.

"Mäusken, wenn de dat mit dreiensippzich immer noch nich weiß, dann lernze dat gezz auch nich mehr."

"Aber, aber... Frau Schmidt", sagte Holger scheinbar verlegen.

"Ach, Junge, ich glaube, du kannz dat vertragen."

Unter johlendem Gelächter machte sich Holger vom Acker. Im Fortgehen hörte er noch, wie eine der Damen schmachtete: "Für den wäre ich gerne nochmal fünfzig Jahre jünger."

Wieder hatte die Rothaarige das letzte Wort. "Dann hättste bei dem auch keine Schangse, Renate. Dat is genau so'n tragisch Veranlagter wie der Sohn vonne Kruse."

"Warum können *wir* nicht mal wieder so unkomplizierte Gäste haben?" seufzte Jörn Jespersen am Abend beim Grillen, nachdem Holger dieses Bonmot zum Besten gegeben hatte. "Mir scheint, in letzter Zeit bekommen wir immer nur solche, nach denen irgendetwas repariert, renoviert oder ausgetauscht werden muss. Nichts als Chaoten in den letzten Monaten."

Kerstin tätschelte seinen Arm. "Denk einfach die nächsten acht Wochen nicht dran. Genieße deine Auszeit. Danach kommt alles wieder besser." Sie wandte sich an Holger. "Kann ich dir denn wirklich zumuten, mich bei uns drüben zu vertreten, wenn ich Jörn an den Wochenenden in Bad Zwischenahn besuche?"

Holger verdrehte die Augen. "Och, Kerstin... Das haben doch oft genug besprochen."

"Auch am Mittwoch, wenn ich Jörn wegbringe?"

"Auch am Mittwoch, wenn du Jörn wegbringst. Mach dir keine Sorgen. Wenn's mal hektisch wird, kann Christoph mir immer noch helfen."

"Hm-hm", machte Christoph verneinend und schluckte einen Bissen Kotelett hinunter. "Für den Mittwoch brauchst du mich nicht einplanen. Da kann ich nicht. Die Interessengruppe der Einzelhändler in unserem Quartier trifft sich mal wieder."

Holger drehte sich überrascht zu ihm um. "Ach, schön, dass ich das auch mal erfahre."

"Sorry. Ist mir durchgegangen." Christoph grinste verlegen.

"Ihr trefft euch in letzter Zeit ziemlich oft. Letzten Sonnabend, als ich mich nach dem Termin bei dem Grafiker für meinen neuen Hausprospekt mit dir in Lübeck treffen wollte, hast du mich genauso versetzt wie bei dem Orgelkonzert hier in St. Nikolai eine Woche vorher und beim Abschlusskonzert vom Elb Jazz Festival. Was beschnackt ihr da bloß so Dringendes?"

Christoph zuckte mit den Achseln. "Nachbarschaftsfeste, verkaufsoffene Sonntage, gemeinsame Werbeauftritte - alles, was halt so anfällt. Aber du hast schon recht, in diesem Jahr drubbelt es sich etwas."

"*Etwas*? Manchmal habe ich das Gefühl, dass die Eröffnungstermine für den neuen Berliner Flughafen realistischer sind als unsere Verabredungen."

"Du brauchst gar nicht so zu sticheln - ich hab's doch immer wieder gut gemacht. Die Minikreuzfahrt nach

Oslo, das Konzert von Tom Petty in der Arena, die Mitfahrt in der Auslaufparade bei der Kieler Woche. Alles schon vergessen?"

"Darüber sprechen wir noch." Und zu Kerstin gewandt: "Mach dir keine Sorgen - ich krieg' das schon hin."

"Kinder, ist doch überhaupt kein Problem", schaltete sich die göttliche Jette ein. "Ich bin ja auch noch da."

2

Holger setzte den Blinker, um von der A1 auf die A24 zu wechseln. Fünf Minuten später verließ er im Horner Kreisel die Autobahn und fuhr in seinem schwarzen Volvo über die Wandsbeker Chaussee in Richtung Centrum.

Für gewöhnlich fand Holger keinen Grund zur Klage, was die Versorgung auf der Insel mit allem Lebenswichtigen, insbesondere der Medizin betraf. Doch bei Zahnarztbesuchen ging für ihn nichts über Dr. Fiesebarg am Gänsemarkt, bei dem er schon seit fünfzehn Jahren Patient war. Als er in den frühen Morgenstunden des Donnerstag mit einem fiesen Schmerz im Unterkiefer wachgeworden war, hatte sofort festgestanden, dass nichts an einem Tagesausflug nach Hamburg vorbeiführte. Die göttliche Jette hatte ohne Umschweife ihre Vertreterdienste zugesagt, als Holger sie gleich nach dem Aufstehen um halb sechs angerufen hatte.

Holger stellte sein Auto in einem Parkhaus ab und ging zur Praxis von Dr. Fiesebarg hinüber. Zwei Stunden und eine neue Füllung später sprintete er zum Jungfernstieg hinüber, um dort in die S-Bahn zu steigen. Zumindest kam es ihm wie ein Sprint vor, doch die Narkose schien seine Wahrnehmung zu beeinträchtigen. Für die wenigen Meter zum Eingang beim Alsterhaus brauchte er fast eine Viertelstunde statt der sonst üblichen fünf Minuten. Dr. Fiesebarg hatte wohl recht gehabt, als er geraten hatte, sich für den Überraschungsbesuch in Christophs Buchhandlung nicht ans Steuer zu setzen.

Als er in Altona aus der S-Bahn stieg, waren seine Sinne wieder klar genug, um aus einer Bäckerei am Bahnhof für Christoph und seine Mitarbeiterin Hanna Franzbrötchen mitzunehmen. Für sich selbst nahm Holger Berliner mit, die konnte er im Moment besser kauen.

Streng genommen lag Christophs Buchhandlung nahe der Holländischen Reihe nicht in Altona, sondern in Ottensen, doch sein exzellent ausgestattetes Antiquariat, das er zusätzlich zum normalen Geschäft führte, hatte sich auch bei auswärtigen Buchliebhabern herumgesprochen, denen Altona geläufiger war. Da Ottensen zum Verwaltungsbezirk Altona gehörte, war die Angabe somit auch nicht ganz falsch.

Auf seinem Weg nahm Holger das bunte Leben des Quartiers um sich wahr. Individuelle Läden dominierten über die Uniformität von Filialkonzernen, eines

der Zeichen, mit dem die Ottenser ihren widerstän-
dischen Willen unterstrichen, nicht wie etwa Eppendorf
von Investoren überrannt zu werden. Behutsam
originalgetreu sanierte Häuser wechselten sich mit
solchen ab, die derlei noch vor sich hatten. Hier und da
ein mehr oder weniger harmonisch eingefügter Neubau.

Um diese Uhrzeit begegneten ihm viele Menschen, die
ihre Hunde Gassi führten - hier eine Frau in gestreiften
Pyjamahosen unter einem Trenchcoat mit einem Labra-
dor, dort ein Muskelkerl in Shorts und Flip-Flops zu
freiem Oberkörper mit einem Basset, etwas weiter längs
ein kleines Mädchen, das selbst für einen Pudel noch zu
jung war, um diese Aufgabe zu übernehmen, für den
tatsächlich an der Leine geführten Chihuahua hingegen
genau richtig.

Vor den Eingängen der Bürohäuser standen einige
junge Leute in schicken Businessklamotten - Nikotin-
jünger, die ihrem Verlangen nicht drinnen nachgeben
durften.

Wo zwei Passanten nicht für einen spontanen Klön-
schnack stehen blieben, nickten oder winkten sie einander im Vorbeigehen zumindest kurz zu. Man kannte
vielleicht nicht jeden persönlich und beim Namen, aber
zumindest vom Sehen.

Manchmal vermisste Holger das alles, gerade wenn er
durch ein Viertel kam, das wie hier seiner alten Nachbarschaft ähnelte. Aber eben nur manchmal. Insgesamt
war immer noch davon überzeugt, mit dem Leben auf
der Insel die richtige Entscheidung getroffen zu haben.
Er war gelassener geworden, ging die Beseitigung von

Schwierigkeiten bedächtiger und weniger impulsiv an. Das tat ihm gut und es bestätigte ihn.

Diejenigen, die ihn für völlig verrückt erklärt hatten... Er musste grinsen, wenn er daran dachte, um wen es sich dabei handelte. Allesamt Typen, die mit sich und der Welt unzufrieden waren, aber nicht die Chuzpe hatten, etwas zu ändern. Von denen ließ er sich bestimmt nicht beurteilen. Und *ver*urteilen schon gar nicht.

Die einzige Person, die ihn für verrückt erklärt, die er dabei aber ernst genommen hatte, war seine Nachbarin Claire gewesen. Die rüstige Seniorin lief mit fast achtzig noch in knallengen Jeans rum (was sie sich durchaus erlauben konnte) und tat auch sonst allerlei untypisches für ihre Generation. Wenn *sie* jemanden für verrückt erklärte, bedeutete das selbst nach anfänglichen Zweifeln letzten Endes unbedingte Zustimmung.

Als Holger sein Ziel erreicht hatte, trat er nicht durch die Ladentür in Christophs Buchladen. Die Klingel hätte ihn verraten, was die geplante Überraschung gelinde sabotiert hätte. Stattdessen nahm er den Seiteneingang im Flur des angrenzenden Wohnhauses, zu dem er einen Schlüssel hatte. Als er sich vorsichtig durch die Tür schob, hörte er aus der Küche des Kontortrakts Gelächter. Im Laden schien im Moment nichts los zu sein, folglich gönnten sich Christoph und Hanna eine Kaffeepause.

Holger schlich sich vorsichtig an.

"Nicht spicken!" rief Christoph gerade und lachte dabei.

Holger schielte um die Ecke. Hanna stellte gerade einen Kuchen mit ein paar Kerzen auf dem kleinen Esstisch ab, an dem ein unheimlich hübscher junger Mann etwa Anfang zwanzig saß. Christoph stand hinter ihm und hielt ihm die Augen zu. Er beugte sich zu dem jungen Mann runter und raunte ihm ins Ohr: "Was wünschen - aber nicht sagen was, sonst geht's nicht in Erfüllung. Und dann auspusten!" Er nahm die Hände weg, der junge Mann pustete die Kerzen aus. Hanna und Christoph klatschten. "Herzlichen Glückwunsch!"

Holger war etwas befremdet ob des Anblicks, sich gleichzeitig aber bewusst, wie dämlich es aussehen würde, wenn man ihn jetzt als heimlichen Beobachter entdeckte. Also straffte er sich und trat ein. "Darf ich mich den Ovationen anschließen?"

Der junge Mann war der Einzige, der etwas Über-raschung zeigte. Hanna sagte nur "Moin, Holger", und Christoph kam zu ihm rüber und umarmte ihn, was Holger für einen Sekundenbruchteil unpassend fand - und er wusste nicht mal warum.

"Schön, dass du da bist", sagte Christoph. Er gab Holger einen Kuss. "Aber warum hast du denn nichts gesagt, als wir gestern telefoniert haben?"

Der Ansatz eines "Hätte dir wohl besser gepasst, was?" flog durch Holgers Hirnwindungen, blieb aber flüchtig und ungreifbar. "Das wusste ich da selber noch nicht", sagte er stattdessen und berichtete von der jüngst erfolgten Dentalbehandlung.

"Na, es gibt schönere Anlässe, hierher zu kommen. Aber Hauptsache, du bist überhaupt da", sagte Christoph. "Ach, übrigens - darf ich vorstellen: Das ist Dominique Jouannest aus Trois-Rivières, Quebec, Kanada. Er macht an der Uni sein Auslandsjahr und verdient sich hier etwas dazu."

Ein Student aus Kanada-da-da-da-da-da-da, dachte Holger in Abwandlung eines alten Schlagers. *Sieh mal einer an.*

Vor ein paar Jahren hatte es Christophs Leben einen Cyrille gegeben, ebenfalls frankokanadischer Student im Auslandsjahr. Da waren er und Holger allerdings auch noch kein Paar gewesen.

"Ich hatte dir ja von ihm erzählt", fügte Christoph hinzu.

Das konnte Holger nicht leugnen. Allerdings war in den letzten Wochen immer nur von Dominique die Rede gewesen, Holger konnte sich nicht daran erinnern, dass jemals das Geschlecht näher spezifiziert worden wäre. Ein François, Guillaume oder Jacques hätte die Sache vereinfacht.

"Hallo", grüßte Holger freundlich, aber reserviert.

"Âllo", erwiderte Dominique und lächelte. Und was für ein Lächeln das war. *Mon dieu!*

"Dominique hat heute Geburtstag", erklärte Hanna.

Holger besann sich auf seine Manieren und gratulierte, sein Kuchentablett spendete er für die Feier. Zum Glück hatte er mehr genommen als wirklich gebraucht wurde. Was man auf dem Land machte, konnte für die große Stadt nicht schlecht sein.

Die Glocke an der Ladentür meldete sich. Hanna wollte nach vorne gehen, doch Christoph sagte: "Lass ruhig, ich mach schon."

Weg war er.

Die Situation dehnte sich, weil keiner genau wusste, was er sagen sollte, bis Christoph aus dem Verkaufsraum rief: "Holger, kommst du bitte mal?"

Nur zu gerne eilte der Gerufene nach vorne. "Was gibt es?"

"Das hier ist Frau Gehrckens", stellte Christoph vor, "und das hier ist mein Lebenspartner Herr Clausen. Holger, Frau Gehrckens ist auf der Suche nach älteren Büchern auf Plattdeutsch."

"Ich hätte gerne etwas, das ich meiner Mutter vorlesen kann, wenn ich sie im Altenheim besuche", erklärte die Kundin. "Nur mit den neuen Autoren kann man ihr keine große Freude machen. Egal, ob auf Platt oder auf Hochdeutsch - mit den Tücken von mp3-Spielern steht sie auf dem Kriegsfuß. Sie ist ja schon fast neunzig."

Die beiden Männer stimmten höflich in ihr Lachen ein.

"Mit Platt kennst du dich besser aus als ich", erklärte Christoph. "Kannst du uns empfehlen, nach welchen Namen wir Ausschau halten sollen?"

"Wilfried Wroost", sagte Holger sofort. "Da gibt es einen oder zwei sehr nette Bände mit Kurzgeschichten und Anekdoten. Nicht zu lang, sehr amüsant aus dem Leben gegriffen. Alma Rogge böte sich noch an. Arnold Risch. Und natürlich Rudolf Kinau - wunderschöne Geschichten aus dem alten Finkenwerder. Lese ich selber sehr gerne."

Christoph notierte sich diese und noch ein paar Namen mehr. Er versprach Frau Gehrckens, sich darum zu kümmern. Als die Kundin gegangen war, zog er Holger zu einem Tisch hinüber, auf dem Neuerscheinungen ausgestellt waren. "Schau mal - das neueste Werk von Claire."

Die Nachbarin von Christoph hatte sich mit Kitschromanen einen Namen gemacht. Die "Barbara Cartland von der Waterkant" war sie einmal in der Lokalpresse genannt worden. Entsprechend schwülstig waren die Umschläge ihrer Bücher gestaltet, wobei die drauf abgebildeten, obenrum meist nur sehr spärlich bekleideten Herren durchaus lecker anzuschauen waren. Für die ähnlich gewandeten Damen hatten Christoph und Holger naturgemäß kein Auge.

"Sieht toll aus, oder?" fragte Christoph.

"Hm", meinte Holger sparsam. "Genau wie deine neue Aushilfe. Ein echt hübscher Kerl."

3

Nach der Stippvisite im Laden löste Holger seinen Wagen am Gänsemarkt aus und fuhr noch kurz nach St. Georg hinüber. Wenn er schon außerplanmäßig in die große Stadt kam, konnte er das auch ausnutzen und wieder einmal die Luft seines alten Quartiers einatmen. In der ersten Zeit nach dem Umzug auf den Hof war er noch öfter hierher gekommen, doch mittlerweile hatte sich das stark reduziert. Der Gastbetrieb war ein Rundum-die-Uhr-Job. Christoph hatte es da mit den Vorzügen von Personal und festen Ladenöffnungszeiten leichter, also fand ihr gemeinsames Leben vorrangig auf der Insel statt.

Vielleicht fiel Holger genau deswegen so besonders auf, wie sich der Stadtteil verändert hatte - eben weil er nicht mehr mitten im Geschehen steckte. Drüben in Ottensen hatte er sich vorhin wohler gefühlt, obwohl er dort nie gelebt hatte. Ottensen gehörte ebenfalls zu den angesagten Stadtteilen Hamburgs, doch schien hier in Holgers Augen die Entwicklung sanfter vonstatten zu gehen als auf St. Georg, das früher für ihn die perfekte Mischung gewesen war, mit dem Besten aus anderen Stadtteilen vereint. Doch die fortschreitende Gentrifizierung hatte vieles verändert. Fremdes Blendwerk machte sich breit und versuchte das zu verdrängen, was einmal den Geist des Quartiers ausgemacht hatte: Verruchtheit, Liederlichkeit, Schäbigkeit, Freigeistigkeit, Feinsinnigkeit und Bodenständigkeit in einem Topf, perfekt abgeschmeckt mit einem großen Spritzer Weltoffenheit und einem kleinen Tropfen Glitter veredelt. Inzwischen wurde immer mehr Glitter hinzu gestreut, wie zuviel Salz in eine Suppe.

Doch das alte St. Georg war nicht völlig verschwunden. Man wehrte sich noch stärker als früher, immer häufiger sogar mit Erfolg. Zudem waren einige Ecken schlichtweg nicht interessant genug. Etwa in den Straßen abseits von Langer Reihe, Schmilinskystraße und den gemütlichen Hinterhöfen, in die man durch ein System von Gängen gelangte, die gerade breit genug für ein oder zwei Fußgänger waren, aber keinesfalls für ein

Luxuscabriolet.

Der Fußweg vom Parkplatz zu seiner alten Wohnung, in der nun Christoph wohnte, dauerte länger als gewöhnlich. In allen Läden, wo man ihn kannte, schaute Holger kurz rein und wechselte ein paar Worte. Auch bei Mateo, dem Friseur mit portugiesischen Wurzeln direkt nebenan. In seinem Salon war derzeit noch kein Kunde, Mateo hatte nach der Mittagspause die Pforten gerade erst wieder geöffnet.

Holger steckte den Kopf durch die Ladentür. "Moin. Oder sollte ich *bom dia* sagen?"

Mateo wandte den Kopf zu Holger und strahlte zuerst, doch rasch verflüchtigte sich das Lächeln wieder. "Mein Gott, wie siehst *du* denn aus?"

"Wieso?" Holger warf einen Blick in den nächstgelegenen Spiegel, ob er noch Zucker von den Berlinern am Mund hatte.

"Deine Frisur! Komm mal rein."

"Du, ich hab' überhaupt keine Zeit, ich wollte nur mal *'Guten Tag'* sagen und gleich weiter..."

"Schnack nicht. Ich mach dir weder Dauerwelle noch Strähnchen. Du kriegst von mir nur einen ordentlichen Cut verpasst, das dauert nicht lange."

Mateo zog Holger mit einem Ruck in den Laden und drückte ihn in einen der Frisierstühle. Ehe Holger wusste, wie ihm geschah, hatte Mateo ihm einen Umhang umgebunden, klackerte mit seinen Scheren und plapperte drauflos. "Jesus, Maria und Josef und der Esel, der sie alle nach Bethlehem brachte - das schreit ja förmlich *Landei*. Was machst du nur auf deiner Insel, wenn die Haare zu lang sind? Hältst du dann den Kopf in einen Mähdrescher? Was für ein Pisspottschnitt!"

Holger fühlte sich verpflichtet, die Ehre der Haarschneiderin seines Vertrauens zu verteidigen und berichtete, dass Brigitte ihr Handwerk in dem Salon eines Berliner Friseurs erlernt hatte, der genau so prominent wie seine betuchte Klientel war. Mateo wedelte dieses Argument beiseite. "Hat nichts zu sagen. Du passt dich automatisch deiner Kundschaft an. Und wenn deine Hauptkundschaft aus den Gästen eines konservativen Kurorts besteht..." Er ließ seine Andeutungen für sich selbst sprechen. "Was glaubst du, warum mein eigener Ausflug aufs Land nach nur einem Jahr schon wieder zu Ende war, obwohl die Kasse nicht schlecht geklingelt hat? Weil ich nur noch einen Inge Meysel-Klon nach dem anderen auf die Straße geschickt habe. Also wieder zurück nach Hamburg. Nie wieder Bad Bederkesa, sage ich dir!"

In diesem Tonfall ging es eine ganze Zeitlang weiter. Mateo erzählte scheinbar ohne Luftholen von Nachbarschaftsskandälchen, von Aktionen gegen die Geldheuschrecken, die mit ihrer Mietwucherpolitik alteingesessene Geschäfte zerstörten, von Festivalplanungen und was ihm sonst wert schien, es dem verlorenen Sohn der Heimat zuzutragen. Dabei schufen seine flinken Hände eine Frisur, die pfiffig und modern war, ohne Holger später auf Fehmarn wie einen überkandidelten Außenseiter dastehen zu lassen. Mit einem Hauch von Schuldbewusstsein fragte sich Holger, ob er Brigitte nicht eventuell untreu werden sollte.

Zum Schluss verpasste Mateo ihm noch eine vernünftige Rasur, denn "du siehst ja schlimmer aus als ein sizilianischer Maultiertreiber. Apropos Sizilien - das *Schau-schau*, dieses neue Privattheater auf dem Hammerbrook, ist gestern endlich eröffnet worden. Du weißt schon, in der Halle von dem Tennisclub, der vor ein paar Jahren dichtgemacht hat."

Holger konnte seine Insiderkenntnis nur mit einem "Hm, hm" bestätigen, denn nach dem Einseifen hatte Mateo jetzt das Rasiermesser angesetzt. So konnte der Figaro ungestört weiterplappern.

"Ein Mafiastück haben sie gebracht. Ausgerechnet. Wie es war, weiß nicht. Ich hatte zwar Premierenkarten, aber irgendwie doch keine Lust. Ich bin dann einfach zu Alfred in die Bar. Er hat das *Judy!* ja gerade auf-wändig renoviert - toll sage ich dir. Solltest du dir unbedingt noch anschauen, bevor du wieder fährst. Du bleibst doch über Nacht? Jedenfalls ist das gesamte Ensemble vom *Schau-schau* hinterher auch dorthin gekommen. Premierenfeier. War ein toller Abend, ob-wohl die kleine Rothaarige - diese Marlies, die früher bei mir im Haus gewohnt hat - ein bisschen zu tief ins Glas geguckt hat. Kaum hatte Alfred ihr ein Glas hingestellt, hat sie's auf ex runtergekippt, wieder auf den Tisch geknallt und *'Tequila!'* gerufen. Das ging so lange, bis sie quer über den Tresen gereihert hat. Großer Aufruhr! Alfred musste gute Miene zum bösen Spiel machen, denn natürlich waren auch ein paar von der Presse dabei. Wenn er sich da erdreistet hätte, ausge-rechnet die Hauptdarstellerin an die Luft zu setzen...

Na, ich muss dir nicht sagen, was das für seinen Ruf und den Laden bedeutet hätte." Mateo lachte. "Nur dein Christoph hat von alledem nichts mitgekriegt. Er und sein Kumpel - ein hübscher Kerl, übrigens, und so ein niedlicher französischer Akzent - waren so ins Gespräch vertieft, dass sie alles um sich vergessen hatten."

Holger runzelte die Stirn.

Christoph.

In Begleitung.

Mit französischem Akzent.

Im *Judy!*.

Gestern.

Das konnte kaum die Versammlung des Interessenverbandes der Einzelhändler gewesen sein.

4

Holger legte seine Kleidung bis auf die Badehose ab und zog die Gartenliege etwas mehr in die Sonne. Auf dem Hof war es ruhig. Alle Gäste steckten mitten in ihrer Erholung und dachten noch gar nicht wieder daran, die Koffer zu packen. Statt dessen waren sie zum Strand gefahren. Nur der Witwenclub war zu einem Tagesausflug in die Holsteinische Schweiz mit abendlichem Konzertbesuch bei den Eutiner Sommerfestspielen aufgebrochen.

Werktage wie dieser mit zwei, drei völlig freien Stunden waren selten in der Hochsaison. Denn irgend-

etwas fiel immer an. Jemand verletzte sich beim Kartof-
felschälen und brauchte ein Pflaster. Ein Kaffeegedeck
ging zu Bruch. Jemand hatte sich Brombeeren aufs T-
Shirt geschmiert und wollte wissen, wo die nächste
Textilreinigung zu finden war. Jemand anders brauchte
neue Tabs für die Spülmaschine. Ein Ball landete auf
dem Flachdach der Grillterrasse und musste herunter-
geholt werden. Kleckerkram, aber Kleinvieh machte
bekanntlich auch Mist.

Nur heute nicht. Holger ließ sich auf der Liege nieder
und blickte zum blauen Sommerhimmel hoch, an dem
kein Wölkchen zu sehen war. Nur zwei Enten flogen
schnatternd über Holger hinweg. Wahrscheinlich war es
das Paar, das sich am Ufer des nahegelegenen Teichs
niedergelassen hatte.

Der Duft von reifem Weizen lag in der lauen Brise,
gemischt mit dem leicht salzigen Ostseewind. War im
Mai noch die würzige Süße des Raps Vorbote für den
nahenden Sommer gewesen, konnte man nun riechen,
dass der Sommer seinen Höhepunkt erreicht hatte. Bald
würde auch der Duft von Cumarin in der Luft liegen
und die Nahmad, die zweite Heuernte des Jahres,
vermelden. Dann würde auch der Herbst nicht mehr
weit sein.

Noch war es nicht so weit. Die Sonne verwöhnte die
Insel vor der holsteinischen Ostseeküste. Im Moment
blendete sie Holger sogar, er schloss die Augen. Mit der
Zunge stieß er an den Backenzahn, der vor einer
Woche von Dr. Fiesebarg die Füllung bekommen hatte.
Das beschäftigte ihn aber kaum noch. Er war sich nur

nicht ganz im Klaren, was er von der Begegnung mit Dominique halten sollte. Besonders, wenn er an die Ereignisse der letzten Zeit dachte. Christoph war ein wenig unzuverlässig geworden. Mal sagte er einen Termin mit Holger ab, mal hatte er ihn scheinbar vergessen. Neulich war sogar der allabendliche Anruf nach Ladenschluss ausgeblieben, und am letzten Wochenende war Christoph erst Sonntags nach Fehmarn gekommen. Mit einer Erklärung, die wässerig wie zu dünner Kaffee gewesen war. Das passte nicht zu ihm. Wenn Holger es recht bedachte, hatte es etwa zur selben Zeit begonnen, als zum ersten Mal von einer neuen Aushilfe die Rede gewesen war.

Oder bildete er sich das nur ein, weil er Dominique bis vor einer Woche für eine Frau gehalten hatte? *So'n Schiet*, immer diese Karussell fahrenden Gedanken.

"Wuff!" Corgimischling Charly schoss an Holger vorbei, geradewegs auf das Aurikelbeet zu, für das er eine unerklärliche Vorliebe entwickelt hatte. Dreimal schon hatte Holger es neu bepflanzen müssen, weil Charly es nach allen Regeln der Kunst umgegraben hatte. Überhaupt hatte Charly eine unangenehme Vorliebe fürs Ausbuddeln entwickelt. Neulich hatte er eine Schatzsuche für Ferienkinder ruiniert, indem er die Blechdose mit Lollis aus dem von Holger gegrabenen Erdloch geholt hatte, noch bevor die Jagd begonnen hatte.

"Mien leeven Frünn!" warnte Holger und richtete sich halb auf. "Reißt du auch nur eine einzige Blüte ab, gibt das Hausarrest!"

26

Charly schwenkte in eine andere Richtung, machte jedoch immer wieder neue Anstalten, die Aurikel zu stürmen, bis Holger die Nase voll hatte.

"Nu' langt das aber!"

Irgendwo im Geräteschuppen hatte er noch Elemente für eine Blumenbeetumzäunung. Schön war das billige Plastik nicht, aber es würde seinen Zweck erfüllen.

Es dauerte eine ganze Weile, bis Holger fertig war und sich wieder hinlegen konnte. Zur Ruhe kam er immer noch nicht. Motorengeräusch näherte sich. Bald darauf fuhr Christophs Golf auf den Hof.

"Mooooooiiiiiin!" rief Christoph beim Aussteigen.

"Moin!" rief Holger zurück. "Was willst du hier? Du bist doch erst morgen Abend dran?"

Christoph folgte dem Ruf. "Wenn ich gewusst hätte, dass du mich so begrüßt, hätte ich es mir mit der Wiedergutmachung für das zu kurze letzte Wochenende noch einmal überlegt." Er setzte sich zu Holger auf den Rand der Liege. "Nebenbei: So wie du arbeitest, möchte ich mal Urlaub machen!"

"Ich liebe dich auch."

"Na, das will ich doch hoffen." Er gab Holger einen Kuss. Dann zog er einen zusammengefalteten Zettel aus seiner Hosentasche. "Da."

Holger betrachtete das dünne, mehrfach gefaltete Papier. Es war ein Zeitungsartikel, ausgeschnitten aus einem dieser kostenlosen Wochenblättchen, die es teils mehrfach in jeder Stadt gab. "Was ist das?"

"Lesestoff. Unsere Claire ist jetzt auch unter die Theaterkritiker gegangen."

"Ich ahne was... Stichwort *Schau-schau*?"

"Geeeee-nau!"

Holger entfaltete den Zettel und las. Dabei zuckte es amüsiert um seine Mundwinkel. "Mit dem Verriss wird sie sich keine Freunde gemacht haben, auch wenn's nur im Wochenblättchen ist. Wobei ich ihre Bildsprache großartig finde. Hör mal: *So hat das Theater* Schau-schau *diesen Stoff für die Bühne adaptiert. Was ist es geworden? Ein Musical, natürlich. Aber warum? Die Zeit der großen Musicals ist vorbei. Längst sind Musicals für die Theaterwelt das geworden, was Smoothies für die Ernährung sind: Vorgekaute Materie ohne individuelle Konsistenz, der Sinnlichkeit und geschmackliches Erleben völlig abgehen. An einem Apfel mag man länger kauen als an einem Apfelsmoothie, dafür bleibt der Genuss auch nachhaltiger im Gedächtnis. Genauso verhält es sich mit diesem Stück: Schnell verzehrt wie ein Smoothie und genauso schnell wieder vergessen.*"

"Ich würde mich weniger blumig ausdrücken, aber im Prinzip hat sie recht. Ich war gestern noch mit Hanna, ihrem Freund und mit Dominique" - Holger hob fragend die Augenbrauen, was Christoph jedoch nicht bemerkte - "im *Schau-schau*. Lahme Sache. Es gab keinen einzigen Ohrwurm, den man noch Tage nach der Vorstellung vor sich hinsummen hätte können. Aber *Es grünt so grün* aus *Kiss me, Kate* kann heute noch jeder mitsingen."

"Das war *My Fair Lady*."

"Ach ja, stimmt."

"Was ist los? Dir kann doch bei Musicals sonst niemand das Wasser reichen?"

Christoph gab sich nonchalant. "Tja, was soll man machen, wenn man so sinnverwirrend abgelenkt wird?" Mit den Fingerspitzen fuhr er sachte vom Fußknöchel über Holgers rechtes Bein nach oben, natürlich auf der empfindlichen Innenseite der Schenkel, bis er einen Klaps auf die Hand bekam.

"Na! Doch nicht hier draußen, Sie Flegel! Lassen Sie uns reingehen, dann bin ich gerne bereit, Ihrem Wunsch Rechnung zu tragen."

Christoph lachte. "Du klingst wie das Jungfrollein aus einer von Claires Schnulzen! Ich komme gerne drauf zurück, aber zuerst brauche ich jemanden, der mir tragen hilft." Er erhob sich. "Komm mal mit."

"Was hast du wieder angeschleppt?" Holger stand ebenfalls auf und schlüpfte in seine Flip-Flops. "Ich hoffe, du willst den Hof nicht als Lager für Unmengen alter Bücher missbrauchen?"

"Nein, keine Sorge. Ich habe zwar gestern bei einer Haushaltsauflösung in Nienstedten eine traumhafte Bibliothek mit sagenhaften Erstausgaben leerräumen dürfen, aber ich habe noch etwas viel Besseres erstanden. Lass dich überraschen."

Christoph zog Holger zu seinem Auto, an das ein Anhänger angekuppelt war. Er schlug die Plane über der hinteren Ladeklappe hoch. "Na, was hältst du davon?"

Holger quollen förmlich die Augen über. "Das ist ja eine *Kuba Komet* von neunzehnhundertsiebenundfünf zig!" Er bestaunte das Möbelstück mit der hochglanzpolierten Holzoberfläche, eine Kombination für Radio,

Fernseher, Plattenspieler und Tonbandgerät aus Adenauers Zeiten. "Noch dazu in einem großartigen Zustand!"

"Genau das habe ich auch gedacht und deswegen sofort ein Angebot gemacht." Christoph hob abwehrend die Hände. "Frag nicht, was sie gekostet hat. Freu dich einfach, dass sie da ist."

"Worauf du Gift nehmen kannst! Aber warum hast du die mitgebracht? Willst du die nicht in Hamburg?"

"Nein, ich habe gedacht, die wäre der Clou für das Backhuus."

Das Backhuus war ein altes, etwas abseits stehendes Nebengebäude, das lange in einem tiefen Dornröschenschlaf gelegen hatte. Die drei Höfe der direkten Umgebung hatten es sich vor Urzeiten geteilt, bis solche Backhäuser durch moderne Öfen in den Wohnhäusern überflüssig geworden waren. Von ungehindert wachsenden Hecken umzingelt, war es über viele Jahre allmählich aus den Augen, aus dem Sinn verschwunden, bis es von Christoph durch schieren Zufall wiederentdeckt worden war, denn auch Holger hatte nichts mehr von der Existenz gewusst, als er den Hof übernommen hatte. Selbst der göttlichen Jette war es fast völlig entfallen gewesen. Nach der unverhofften Entdeckung waren sich alle eine Weile nicht im Klaren darüber gewesen, was damit geschehen sollte. Ebenfalls an Feriengäste vermieten? Als Gästehaus für Freunde einrichten? Oder gar als Dependance von Christophs Laden?

Am Ende war die Wahl auf den Luxus eines Sommerhauses für Holger und Christoph gefallen. Bei zwei Menschen mit eigenen kleinen Unternehmen war es nahezu unmöglich, größere Urlaubsreisen zu unternehmen, und mit einem Dauerstellplatz für einen Caravan auf einem der Fehmarner Campingplätze konnten sie sich nicht wirklich anfreunden. Sie bevorzugten gemauerte feste Wände.

So war das Backhuus zu einer Art Sommerresidenz geworden, die sie wie ein englisches Cottage gestaltet hatten. Die hohen, verwilderten Hecken drumherum waren in Form getrimmt worden, auf der Innenseite hatten Holger und Christoph einen sich vom Rest des Dünenhof völlig unterscheidenden Garten angelegt: Trockenmauern, Rankgerüste und Pergolen, etwas verlebt wirkende Gartenmöbel, alte Milchkannen, Strohbesen und dergleichen waren überall als Zierrat aufgestellt. Zudem hatten sie für einen English Country Garden typische Pflanzen wie Eisenhut, Wicken, Mohn, Lupinen und Hortensien gepflanzt. Sogar einen Brombeerstrauch gab es. Getragen hatte er im letzten Jahr noch nicht, doch sie hofften auf eine erste bescheidene Ausbeute in diesem Jahr. Im Moment sah es ganz danach aus, falls nicht noch vor der Ernte sämtliche Vögel der Umgebung über den Strauch herfallen würden.

Alles wuchs scheinbar wild wuchernd, mit der Betonung auf *scheinbar*. In Wahrheit war alles genau geplant. Die Illusion, irgendwo in Kent oder Essex zu sein, ging auf.

Vor allem Holger erhoffte sich viel davon, gelegentlich mit ein paar Schritten den Dünenhof verlassen zu können. So würde er vielleicht endlich lernen, etwas häufiger abzuschalten. In seinem Knechtshaus gelang ihm das nicht immer. Schon oft war er vom Abendbrottisch aufgestanden, um "noch fix ein paar Meldungen an die Kurverwaltung zu mailen. Dann habe ich das weg." Wenn er am Ende dann seinen PC ausgeschaltet hatte, waren vier Stunden vergangen, in denen er Bespaßungen für die Gäste geplant oder amtlichen Kram vorbereitet hatte, für den eigentlich noch ewig Zeit war. Er selbst merkte oft nicht, wie die Zeit verging, wunderte sich aber, warum er manchmal etwas überspannt war.

Im Moment hingegen fühlte er sich sehr entspannt. Christophs Idee, die *Kuba Komet* ins Backhuus zu schaffen, fand seine Zustimmung. "Das wäre ideal."

"Worauf warten wir dann noch?"

Sie kuppelten den Anhänger ab und schoben ihn so dicht es ging an das Backhuus heran. Vorsichtig trugen sie das fast schon antike Möbelstück in das kleine Gebäude, das im unteren Teil nur aus einem Raum bestand, der Küche, Wohn- und Esszimmer in einem war. Über eine steile, hühnerleiterartige Stiege ging es ins Dachgeschoss, wo geschlafen werden konnte. Ein Bad befand sich in dem kleinen Anbau, in dem früher das Feuerholz für den Ofen gehackt worden war.

"Perfekt", stellten sie fest, als die *Kuba Komet* an ihrem Platz stand. Der untere Wohnraum mit einer winzigen Küchenzeile war wie der Garten im traditionellen Countrystil gehalten, da war das für die Nierentischära

futuristisch anmutende Möbel mit seiner fast drei-
eckigen Rückwand, in welcher der Fernseher eingebaut
war, ein großartiger Blickfang und Kontrast.

"Sieht doch prima aus, oder?" fragte Christoph.

"Allerdings", bestätigte Holger. "Schade, dass es nur
zum Angucken da ist."

"Wer behauptet das? Die funktioniert noch einwand-
frei. Meinst du, ich hätte sie sonst genommen?" Christoph ging in die Knie, um den Stecker einzustöpseln. Er
schaltete das Radio ein und drehte an den Knöpfen, bis
er einen Sender gefunden hatte. Die beiden blickten
einander skeptisch an.

"Shakira passt irgendwie nicht wirklich zu so einem
antiken Teil", meinte Christoph.

"Nee, kann man nicht behaupten. Da muss schon
Musik laufen, die den Namen verdient." Holgers Miene
hellte sich auf. "Warte mal, ich habe eine Idee!"

Sprach's und verschwand. Ein paar Minuten später
kehrte er ächzend mit einem sehr schwer wirkenden
Umzugskarton zurück.

"Meine Schallplattensammlung", erklärte er. "Die habe
ich seit dem Umzug nicht angerührt. Dekoratives Aus-
stellen in den Regalen geht aus Platzgründen nicht, und
anhören war auch nicht drin, weil mein Plattenspieler
koppheister gegangen ist. Aber jetzt..." Er stellte den
Karton auf dem Boden ab und kniete davor nieder, um
den Deckel zu öffnen. Er zog eine Platte heraus. "Hm,
selbst das erste Album von The Doors ist für dieses
Teil schon zu modern, oder?"

"Einen Hauch." Christoph meinte damit nicht nur

Holgers Musikeinschätzung. Ein Hauch war auch die schicke Badehose in grenadinerot, die Holger trug, nämlich ein Hauch von Nichts.

Irgendwie war Christoph die Musikauswahl auf einmal völlig egal; er hätte jetzt auch gut mit der gerade noch verpönten Shakira leben können.

Endlich hatte Holger eine Platte gefunden und legte sie auf. Sekunden später schwebte die Stimme von Dusty Springfield weich durch den Raum. *"Just a little lovin'..."*

"Stimmungsvoll, oder?"

Christoph zog Holger vom Boden hoch und ganz nah an sich heran. "Und wie."

Holger verstand. Er streckte ein Bein nach hinten aus und kickte die Tür ins Schloss. "Ich glaube, man muss uns nicht von draußen zusehen, oder?"

"Richtig. Ich will dich für mich ganz alleine."

5

Wochenenden sind eigentlich immer zu kurz, nur fällt es an manchen ganz besonders auf. Als Christoph am frühen Sonntagabend wieder zurück nach Hamburg gefahren war, hätte Holger am liebsten die Uhr noch ein paar Stunden zurückgedreht. Er fühlte sich unheimlich gelassen, stand nicht mehr so unter Strom wie noch in der letzten Woche.

Zudem war völlig egal, was da in ihn gefahren war,

erst recht, als gestern der Montagmorgen gedämmert hatte. Er hatte diese Gabe nicht immer besessen, doch je älter er wurde, desto mehr gelang es ihm, nicht mit einem ausgewachsenen Montagsblues in die neue Woche zu starten, sondern sich über die Frische zu freuen, die der Tag mit sich brachte.

Jeder neue Montag war für ihn wie die Mustermappe eines Kunststudenten zu Beginn des ersten Semesters: Nach und nach würde sie sich füllen mit Zeichnungen, bei denen man nicht vorhersagen konnte, welche Nuancen zwischen Meisterwerk und völligem Fehlschlag sie ausfüllen würden. Natürlich hatte er Pläne, Termine, Vorhaben - doch diese konnten jederzeit durch Überraschendes komplett aus der Bahn geraten. Diese Sichtweise hatte auch etwas von einer Wundertüte, was es doppelt spannend machte. Es ging Holger bestens damit.

Charly hingegen schmollte. Wie erhofft, war der Plastikzaun wirklich zu hoch, als dass der Hund mit seinen kurzen Beinen hätte hinüber springen können. Auf Dauer war das jedoch kein Zustand. Holger musste Charly irgendwie beibringen, die Aurikel in Ruhe zu lassen. Er hatte nur noch keine Ahnung, wie man einen Hund auf eine bestimmte Blumenart spezialisierte, denn alle anderen Beete ließ der Vierbeiner wundersamerweise in Ruhe.

Der Dienstag brachte pünktlich zum Zwölf-Uhr-Schlag der Hauptkirche von Burg die eigentlich erst für Mittwoch angekündigten Ausläufer eines Tiefs nach Fehmarn. Binnen Minuten schüttete es wie aus Eimern.

Das gesamte Strandleben auf der Insel kam zum Erliegen, die Kurgäste flüchteten in ihre Unterkünfte. Mit einem Schlag war es ungemütlich geworden. Dafür war der Indoor-Spielplatz auf dem Dünenhof zum ersten Mal seit Wochen richtig ausgelastet.

Im Knechtshaus saß Holger an seinem Schreibtisch und arbeitete sich durch die Webseiten von Anbietern für Hotellerietextilien. Beim letzten großen Waschtag hatte er festgestellt, dass bei einigen Bettgarnituren langsam die Farben verblassten. Ein Schwung neuer Tischdecken konnte auch nicht schaden, und wenn er schon mal dabei war, konnten auch gleich neue Hand- und Geschirrtücher her.

Klick-klick-klick...

Sein virtueller Warenkorb wurde immer voller.

An der Hintertür war ein Kratzen zu hören. Zuerst hatte Charly nicht rein gewollt, doch nun schien auch er keine Lust mehr auf das Prasseln vom Himmel zu haben.

"Nicht schon wieder, du Blödmann!" rief Holger, als er die Tür öffnete und Charly ihm eine tote Maus vor die Füße legte. "Zur Info: Du bist kein Kater. Ich wiederhole: *kein* Kater. Also hör auf, ständig der Katze von Jörn und Kerstin die Beute zu klauen. Kein Wunder, dass du ständig Krallenspuren von ihr auf der Nase hast. Wenn du so weitermachst, darfst du nicht mehr frei rumlaufen. Eigentlich solltest du die Hunde-pubertät längst hinter dir haben."

Nichts hätte Charly gleichgültiger sein können. Er ließ die Maus liegen, wo sie war, schüttelte sich das Wasser aus dem Fell und stürmte in sein Körbchen. Gleich darauf war er eingeschlafen.

Holger entsorgte die Maus, ehe er an den Schreibtisch zurückging und seine Bestellung abschickte. Durst auf etwas Warmes machte sich bemerkbar. Mit einer dampfenden Tasse Kaffee machte er es sich auf dem Sofa bequem. Er schlug den neuesten Roman von Claire auf, den er aus Christophs Laden mitgenommen hatte. Eigentlich war Holger ein Sachbuchtyp deshalb machte er meist einen Riesenbogen um solche Romantikschmonzetten. Doch die von Claire waren ganz besonders unterhaltsam, weil die Autorin ihm und Christoph stets - natürlich unter dem Siegel tiefster Verschwiegenheit - verriet, nach welchen realen Personen sie ihre Figuren geformt hatte.

Holger amüsierte sich köstlich bei seiner Lektüre, bis es an der Vordertür klopfte. Sofort gab sein Hund Laut.

"Charly, aus."

Charly verstummte, hielt aber die Ohren gespitzt. Es klopfte noch einmal. Charly knurrte.

"Ach, verflixt." Holger erhob sich vom Sofa. Immer dasselbe Spiel: Solange er am Schreibtisch gesessen hatte, war es ruhig gewesen. Doch kaum gönnte man sich eine Pause...

Er ging zur Tür und öffnete.

Tausendmal hatte er diesen Moment innerlich durchgespielt und ihn sich in unzähligen Varianten ausgemalt, so dass er wirklich keine Schrecksekunde verspürte und ohne Zögern die Tür wieder zuknallte.

Es klopfte erneut.

Holger wusste nicht wirklich, warum er es tat, doch er öffnete die Tür wieder.

"Genau wie früher. Wenn du sauer bist, knallst du mit den Türen. Das fand ich immer total süß."

"Dann pass auf, dass du jetzt keinen Zuckerschock bekommst."

Bäng!

Das nächste Klopfen ließ nicht lange auf sich warten.

Holger lehnte den Kopf an die Tür und schloss die Augen. Warum? Warum jetzt ausgerechnet so etwas?

"Holger... könnte ich bitte mit dir sprechen?"

"Was willst ausgerechnet *du* mit mir beschnacken?"

"Kann ich dir gerne sagen. Dürfte ich dazu aber vielleicht reinkommen? Ich bin pladdernass und es ist kalt."

So sehr er versucht war, abzulehnen - Holger wollte keine Lungenentzündung auf sein Gewissen laden. Also öffnete er die Tür erneut, um den Besucher einzulassen. Er nahm ihm die triefende Jacke ab und hängte sie an die Garderobe.

"Kaffee?" fragte Holger kurz angebunden.

"Irgendwas alkoholisches wäre mir lieber. Ein Whisky oder so."

"Hab ich was verpasst, oder hängt draußen neuerdings ein Schild *Billige Spelunke*?"

"Schon gut, dann Kaffee. Du warst früher gastfreundlicher."

"Was hast du dir vorgestellt, Malte Höppner? An unserem zehnten Jahrestag räumst du uns die halbe Bude leer und verschwindest, ohne mir ein Wort darüber zu gönnen, dass mit uns Schluss ist." Holger war froh, dass er mit dem Kaffeeautomaten hantieren konnte. Sonst hätte akute Gefahr bestanden, dass ihm die Hand ausrutschte. "Jahrelang hört man nichts von dir außer Gerüchten. Nebulöses Geschwafel, von dem man nicht weiß, was davon wahr oder Latrinenparole ist. Da kannst du nicht ernsthaft erwarten, dass ich jetzt mein Backzeug hervorkrame und ein gar lust'ges *Hätt' ich dich heut erwartet, hätt' ich Kuchen da* träller."

"Das wäre in der Tat ein bisschen zuviel des Guten." Malte machte ein zerknirschtes Gesicht.

"Du warst wie vom Erdboden verschluckt. Niemand hat gewusst, wo du steckst, bis du nach fast drei Wochen feige deine Schwester vorgeschickt hast um mir mitzuteilen, dass du nun in Berlin lebst, weil du was Neues am Start hast. Weißt du, was das mieseste an der Sache war? Wie du mich vorher wochenlang eingelullt hast. Ich schwebte auf Wolke sieben. Am Ende waren es aber nur die Nettigkeiten vor dem Exitus - so wie man noch einmal gut zu einem alten Hund ist, bevor man ihn töten lässt."

Malte schwieg. Schuldig in allen Anklagepunkten.

"Jetzt tauchst du nach jahrelanger Funkstille *hier* auf wie ein Flaschengeist. Kannst du dir nicht vorstellen, wie sehr so eine Aktion mein Gleichgewicht durcheinanderbringt, das ich mir mühsam wieder zusammenklauben musste? Wie hast du überhaupt herausgefunden, wo du mich finden kannst?"

Das interessierte Holger nämlich brennend. Seine sämtlichen Freunde hätten sich lieber die Zunge abgebissen, bevor sie auch nur ein Sterbenswörtchen verraten hätten.

Malte zuckte mit den Achseln. "Internet."

"Ach so", sagte Holger nur. Klar, als Selbständiger war es unmöglich, nicht in einer Suchmaschine aufzutauchen. Er reichte Malte den Kaffee. "Da."

"Danke." Malte war so durchgefroren, dass er leicht zitterte, als er die Tasse zum Mund führte. "Jetzt geht's mir besser", sagte er nach dem ersten Schluck.

"Fein. Dann haben wir ja jetzt eine gute Gelegenheit für Tacheles: Was willst du?"

"Reinen Tisch machen."

"Übernimm dich nur nicht."

"Ich meine das völlig ernst. Ich hatte vor ein paar Wochen im Urlaub ein kleines Erlebnis, das mich sehr nachdenklich gemacht hat."

"Das wäre?"

"Ich hatte einen Herzinfarkt."

"Mit gerade mal... wie alt bist du jetzt eigentlich? Dreiundvierzig?"

"Fünfundvierzig", korrigierte Malte. "Ja, kam für mich auch aus heiterem Himmel, und nicht nur, weil es einen Tag vor der Heimreise passierte. Es war eine ziemliche Überraschung - und irgendwie doch nicht. Du kennst mich ja: Auch wenn ich immer sportlich aktiv gewesen bin... meine Ernährung war nie so besonders."

"Stimmt. Trennkost war für dich Pommes frites auf dem linken Teller, die Currywurst auf dem rechten."

"Ja, so ungefähr." Malte rang sich ein linkisches Lächeln ab. Holger sah weg. Genau mit diesem Lächeln hatte Malte ihn nach einem Streit immer wieder rumgekriegt. Und es erschreckte ihn, wie sehr es noch wirkte. Überhaupt - die ganze Ausstrahlung, die sein Ex hatte, wirkte auf ihn. Ein Kerl aus dem Bilderbuch.

Maltes Karriere in einem großen Versicherungskonzern schien weiterhin zu florieren, denn die gut kombinierten Klamotten, zu denen er eine randlose Brille und ein dezentes Lederhalsband mit einem Yin Yang-Anhänger trug, waren allesamt sehr schick und nicht ganz billig. Sein gepflegter Goatee und eine trendige Frisur waren ebenfalls nicht vom Discount-Barbier im Einkaufzentrum. Das leichte Grau, das sich in seinen Haaren eingenistet hatte, stand ihm gut. Es betonte seine karamellbraunen Augen ebenso wie seine Haut, deren Bräune zu natürlich war, um aus der UV-Röhre zu kommen. Feine Fältchen um die Augen trugen zu Maltes Appeal bei. Für einen Herzinfarktpatienten sah er wirklich erstaunlich gut aus.

Malte erriet Holgers Gedanken. "Stimmt, man sieht mir wirklich kaum etwas an. Ich habe auch verdammtes Glück gehabt. Der ganze Spaß hat mich letzten Endes nur zwei Wochen im Krankenhaus, die verflixten sechs Kilo zuviel und eine komplette Lebensumstellung gekostet. Koffeinfreier Kaffee, alkoholfreies Bier, Salat statt Bratkartoffeln mit Spiegelei und Speckgrieben - das volle Programm. Hätte alles deutlich schlimmer ausgehen können. Dass das Krankenhaus in Heraklion obendrein verdammt gut war, hat wohl auch dazu beigetragen."

Aha, Kreta.

Womit der bronzefarbene Teint erklärt war.

Malte trank noch einen Schluck Kaffee, ehe er fortfuhr: "Nun ja, wenn man in einem fremden Land so ganz ohne Besuch im Krankenhaus liegt und nicht mal fernsehen kann, weil *Ouzo* und *kalispera* die einzig bekannten griechischen Worte sind, fängt man irgendwann an, nachzudenken. Zuerst ganz albernen Kram - habe ich zuhause das Licht im Bad ausgemacht, bevor ich zum Flughafen gefahren bin? Habe ich den Rest Makrele aus dem Kühlschrank weggeworfen? Was ist aus meinen Klamotten im Hotel geworden? Bis einem die Trivialitäten ausgehen und man ans Eingemachte muss."

"Kann ich mir vorstellen", sagte Holger. Sofort schwenkte er wieder um: "Nein, kann ich mir nicht vorstellen. Hab's einfach noch nicht selbst erlebt."

"Ich wünsche es auch keinem. Es ist wie ein Raubüberfall, bei dem du nichts siehst. Ich hatte echt Schiss", sagte Malte. "Da wurde mir klar, dass ich einige Dinge in die Reihe bringen muss, sobald ich wieder zurück in Deutschland bin. Tja, da bin ich nun."

"Ja. Da biste nun. Und jetzt?"

"Ganz ehrlich? Ich habe keinen blassen Schimmer. Während der ganzen Fahrt hierher habe ich mir überlegt, was ich dir sagen könnte. Dass mich der ganz oberflächliche Glitter und Glamour von Berlin so unwiderstehlich angezogen hat, bis ich das Gefühl hatte, nicht mehr anders zu können? Dass ich vielleicht eine frühe Midlife Crisis hatte und mich deswegen mit Marvin eingelassen habe, um mich wieder jünger zu fühlen?"

Dieses Argument konnte Holger sogar nachvollziehen, denn ähnliches hatte er inzwischen selber erlebt. Nur würde er den Teufel tun, das ausgerechnet vor Malte auszubreiten. Stattdessen fragte er "Seid ihr noch zusammen?" und versuchte, sich dabei an den knapp Zwanzigjährigen zu erinnern, den er einmal in Maltes Begleitung gesehen hatte. Doch außer daran, dass Marvin sehr, sehr dünn gewesen war, konnte sich Holger auf nichts mehr besinnen.

"Hm-hm." Malte schüttelte den Kopf. "Er hat was in seiner eigenen Altersgruppe gefunden. Du darfst mich jetzt gerne auslachen, wenn du möchtest."

"Ich hätte alles Recht dazu!" Das konnte Holger sich nicht verkneifen. "Aber was hätte ich davon? Ich weiß doch, wie man sich dann fühlt. Allein. Ganz aasig allein. Kaum zu glauben, aber das wünsche ich nach all dem Theater nicht einmal dir."

"Man ist allein, ganz genau. Auch das hat mich letztlich dazu gebracht, zu dir zu kommen. Als mich bei der Rückkehr niemand in Tegel abgeholt hat und ich in meine entsetzlich leere Wohnung kam, dachte ich daran, dass du in Fuhlsbüttel am Gate gestanden hättest, wenn ich mich nicht so dämlich verhalten hätte. Vielleicht wären wir sogar zusammen unterwegs gewesen."

"Du hast dich in einen anderen verliebt. Kommt vor." *Was soll das, Schwachkopf?* schalt Holger sich selbst. *Du lässt ihm ein Verständnis zukommen, das ihm nicht zusteht.*

Malte schien gleicher Meinung zu sein. "Nun red's mal nicht schön. Es war gemein, schofelig - wie auch immer man es bezeichnen will. Ich weiß auch jetzt immer noch nicht so recht, was ich tun soll. Versuchen, es dir zu erklären, obwohl ich es nicht mal mir selbst gegenüber kann? Um Verzeihung bitten? Eigentlich kann ich dir nur sagen, dass ich meine Lektion gelernt habe und es mir aufrichtig leid tut."

6

Hektisch durchforstete Christoph sein Portemonnaie. Verdammt, er hatte den Zettel wohl doch gestern auf dem Dielentisch im Knechtshaus liegengelassen. Wann kam Holger nochmal nach Hamburg, um bei Dr. Fiesebarg die Nachkontrolle der neuen Plombe hinter sich zu bringen? Und dann auch noch in der Berufstätigensprechstunde ab achtzehn Uhr.

Bitte-bitte-bitte, lass es morgen sein und nicht heute, flehte Christoph mit einem Blick zum Himmel. *Es darf mir nicht auf die Schliche kommen, sonst bin ich geliefert.*

Er musste seinen Plan nun unfallfrei durchziehen, denn nachdem er lange mit sich selbst in Klausur gewesen war, alles wieder und wieder in Gedanken gewälzt hatte, gab es nun keinen Weg zurück mehr. Es wollte es auch zu sehr, um jetzt noch auszukneifen.

Hanna hatte einen freien Tag, also hängte Christoph mit einiger Nervosität das Schild *Heute Nachmittag aus betriebstechnischen Gründen geschlossen* ins Schaufenster, als er den Laden abschloss und sich an Dominiques Seite auf den Weg nach St. Georg machte. Eigentlich seine übliche Strecke und kein Grund zur Panik, doch er hatte nicht vor, nach Hause zu gehen. Sie wollten ganz woanders hin, was möglichst niemand mitbekommen sollte.

Christoph war ein wenig überrascht gewesen, als Dominique vor einigen Wochen mit seinem Vorschlag auf ihn zugekommen war. An *so etwas* hatte er gar nicht gedacht, auch wenn er etwas unternehmen wollte, das so ganz und gar untypisch für ihn war. Christoph hatte es ziemlich satt, immer der Besonnene zu sein, dessen Tun und Lassen fast schon so vorausschaubar war wie die Ausstrahlung von *Tratsch im Treppenhaus* an Altjahrsabend. Dominique hatte daher nicht lange gebraucht, ihn zu überzeugen, das Richtige zu tun, wenn sie jetzt gemeinsam...

"Nein, lass uns noch eine Station weiter fahren", hielt Christoph Dominique zurück, als dieser bereits am Hauptbahnhof aus der U-Bahn steigen wollte. Wenn sie vom westlichen Ende der Langen Reihe aus mit einer Promenade quer über St. Georg ihr Ziel ansteuerten, war die Gefahr, von irgendjemandem entdeckt zu werden, um einiges größer, als wenn sie aus der entgegengesetzten Richtung kamen.

Seit sie in Ottensen aufgebrochen waren, schaute Christoph sich immer wieder um, suchte mit nervös flackernden Augen die Gegend ab. Manchmal zuckte er bei seinem eigenen Schatten zusammen. Je näher sie ihrem Ziel kamen, desto intensiver wurde es, was bei Dominique nicht unbemerkt blieb. "Was hast du?"

"Ich fühle mich, als würde ich Russisch Roulette spielen. Keine Ahnung, ob und wann ich die Kammer mit der Kugel drin erwische, aber *wenn* ich sie erwische, wird es ziemlich übel."

"Russisch Roulette endet im schlimmsten Fall in... ehm... *la morgue.*" Dominique konnte sich gerade nicht auf *Leichenhalle* besinnen. "Davor brauchst du keine Angst haben."

"Hast du eine Ahnung", murmelte Christoph. "Holger ist ein gebranntes Kind. Er hasst nichts so sehr wie Heimlichkeiten und kann darüber ganz schön in Raserei geraten. Wenn das hier auffliegt - prost Mahlzeit."

"Comment? Mahlzeit? Willst du vorher noch etwas essen gehen? Dafür haben wir eigentlich keine Zeit mehr."

Christoph rang sich ein Lachen ab und erklärte, was es mit der Redensart auf sich hatte. Der Student beruhigte ihn. "Mach dir keine Sorgen. Es wird schon gutgehen. Bestimmt."

"Ich hätte es zumindest Hanna sagen müssen. Oder sonst einem guten Freund", räsonierte Christoph weiter. "Wenn noch jemand anderer Bescheid wüsste, wäre der Druck für mich nicht so groß. Aber je mehr Mitwisser, desto größer die Gefahr." Christoph zuckte zusammen. "So eine schöne Scheiße, da ist Alfred!"

Schnell sprang er in einen Hauseingang und zog Dominique mit sich. Verdammt, so kurz vor dem Ziel musste ihnen jemand begegnen, der zu seinem und Holgers engstem Kreis gehörte. Und dann auch noch in *dieser* Gegend, so dicht am berüchtigten Hansaplatz, dessen kürzliches Facelifting durch die Stadt bislang nicht wesentlich etwas an seinem Ruf verändert hatte und daran, dass es hier einiges an Etablissements für das schnelle amouröse Vergnügen zwischendurch gab. Wenn jemand ihn hier in Begleitung von Dominique sah... Verdammt noch eins, eigentlich sollte Alfred um diese Zeit längst hinter dem Tresen seiner Bar stehen!

Das Herz schlug Christoph bis zum Hals. Nach kurzer Zeit, die ihm selber endlos vorkam, sagte er zu Dominique: "Kannst du mal um die Ecke schauen, ob der Typ mit der grünen Hose noch da ist? Aber sei vorsichtig!"

Dominique lachte, wobei seine attraktiven Wangen von süßen Grübchen übersät wurden, die bald kaum noch sichtbar sein würden, wenn er seinen jetzt fünf Tage alten Bart noch dichter werden ließ. Wie viele Studenten probierte er diverse *Styles* aus. Die glatte kalifornische Surferoptik samt rasierter Brust hatte er bereits hinter sich, jetzt war er auf dem Weg zum Grunge. Hätte aber auch Hipster sein können. Nein, das waren die mit den Heinz-Erhardt-Gedächtnisbrillen, oder? Ach, egal. Christoph kannte sich damit ohnehin nicht aus. Fest stand, dass Dominique zu den wenigen Glückspilzen zählte, denen wirklich jeder Look unerhört gut stand.

Der kanadische Student tat seinem Dienstherren den Gefallen und lugte um die Ecke. "Ja, da steht er noch. Er unterhält sich mit zwei Männern, die Hutschachteln bei sich haben."

Christoph stöhnte. Nicht auch noch Sven und

Andreas! Wenn jetzt noch Claire käme, wäre die ganze Clique beisammen. Er konnte nur hoffen, dass die Hutschachteln bedeuteten, dass Sven und Andreas auf dem Weg zu den Proben für ihr neues Programm als Travestieduo Daphne & Josephine waren und deshalb nicht allzu viel Zeit hatten.

Es dauerte aber noch fast eine Viertelstunde, bis Dominique endlich reine Luft signalisierte. Im Laufschritt legten sie die letzten Meter zu ihrer Destination zurück, die in einer etwas schäbig wirkenden Seitenstraße lag.

Christoph blickte sich noch einmal nervös um, ob auch wirklich niemand in Sichtweite war, der sie kannte. Dann verschwanden er und Dominique im Schutz eines eindrucksvollen Torbogens.

7

Micke Lysdahl setzte seine Lesebrille ab und rieb sich die Augen. Auch beim vierten Durchlauf hatte er nicht den Grund dafür gefunden, warum er fünfzig Kronen zuviel in seiner Monatsabrechnung hatte. Das war wirklich nicht viel, aber sein Wirtschaftsprüfer sah es lieber, wenn eine fehlerhafte Abrechnung ein Minus aufwies. Es würde weniger Arbeit machen, behauptete er immer. Eins dieser unergründlichen Mysterien funktionierender Buchführung, wegen derer Micke sich nicht selber um solche Angelegenheiten kümmerte.

Er sah zur Uhr hinüber. Gleich neun. Noch ein Versuch? Nein, lieber nicht. Seine Konzentration war völlig dahin, ergo würde sich auch der Abrechnungsfehler nicht aufstöbern lassen. Zumindest heute Abend nicht mehr. Er knipste die Schreibtischlampe aus und ging in die Küche hinüber. Seine nackten Füße tapsten über die knarzenden Holzdielen des alten Kapitänshauses. Etwas Milch aus dem Kühlschrank noch, dann ab ins Bett.

Das Schlafzimmer lag im oberen Stockwerk und hatte Ausblick auf den Naturhafen von Mickes Heimatstadt Nysted an der Südküste Lollands, jeweils eine gute halbe Stunde Fahrt von Rødby Færge und der nächstgrößeren Stadt Nykøbing auf Falster entfernt.

Direkt vor seinem Haus schlängelte sich die Hafenstraße am Ufer entlang, gegenüber auf der anderen Seite der fjordartigen Bucht lag in nur knapp sechshundert Metern Entfernung die alte Königsburg Aalholm.

Ein kleiner Schoner kam von einem Törn auf See zurück und steuerte seinen Liegeplatz im Hafen an, wo die Lichter der bereits vertäuten Boote mit den Wellen auf und ab tanzten.

Micke liebte diesen Ausblick, besonders in Momenten wie jetzt, wenn die untergehende Sonne das Panorama in einen faszinierenden Farbmix aus Violett, Purpur und Bernstein tauchte.

Wenn Micke den Blick nach links, Südwest, wandte, konnte er in einiger Entfernung allerdings einen schmalen, dafür sehr dunklen Wolkenstreifen am Horizont ausmachen. Fehmarn schien, anders als die

Beltküste Dänemarks, ein mächtiges Unwetter abzube-kommen.

Micke wollte gerade die Vorhänge zuziehen, als ein Auto vor seinem Haus hielt, ein Volvo mit deutschem Kennzeichen, dessen Fahrer kein Unbekannter für Micke war.

Micke ging wieder hinunter. Noch bevor es läuten konnte, öffnete er die Tür. "Hej", sagte er.

"Hej", grüßte Holger zurück. Wie immer sprachen die beiden Dänisch miteinander.

"Mit allem hätte ich gerechnet, nur mit dir nicht", sagte Micke nach der Begrüßungsumarmung. "Alles in Ordnung?"

"Nein. Das heißt, doch. Aber vielleicht auch nicht."

"Ich verstehe nicht."

"Ich selber auch nicht. Genau darum müsste ich drin-gend mal mit dir reden."

Micke zog fragend die Augenbrauen hoch. "Dafür nimmst zwei Stunden Fahrt inklusive Fähre in Kauf? Du hättest doch auch anrufen können."

"Schon, aber ich musste einfach zuhause raus, was anderes sehen."

"Dann kommt doch rein, ihr beiden."

Natürlich hatte Holger Charly mitgebracht, den er nun von der Leine ließ. Der Hund stürmte ins Haus und sprang auf seinen Lieblingsplatz, einen Ottomanen neben einem altmodischen Holzofen. Er war nicht zum ersten Mal hier.

Holger hatte Micke über ein Social Network im Inter-net kennengelernt, als er gerade frisch auf dem Dünenhof eingezogen war. Mehr als einmal hatten sie ganze Nächte hindurch gechattet, einander mehr und mehr Einblicke in ihre gegenseitigen Leben gewährt, bis daraus eine tiefe Freundschaft entstanden war. Persönliche Treffen hatten dieses Gefühl gefördert.

Ganz der typische Norddeutsche, der lange mit Gefühlen hinter dem Berg hielt, ehe er sie in Worte fasste, hatte Holger zu Anfang einige Bedenken gehabt, sich ausgerechnet auf einen studierten Psychiater einzulassen, und befürchtet, unter ständiger Analyse zu stehen. Doch die Sorge war unbegründet gewesen. Micke Lysdahl konnte professionelle Therapie und private Ratschläge für Freunde sehr wohl voneinander trennen.

Während Charly sich nur auf dem Ottomanen niederlassen und die Augen schließen musste, brauchten die Menschen ein bisschen länger, ehe sie es sich kommodig machen konnten. Micke kochte Tee und kramte noch ein wenig süßes Gebäck hervor. Für Charly stellte er Schüsseln mit Wasser und Hundefutter bereit, das er immer im Haus hatte. Viele seiner Freunde hatten Vierbeiner, die jederzeit willkommen waren. Er selbst verzichtete aus Vernunft auf einen eigenen bellenden Hausgenossen, allein schon um im die tägliche Pendelei im Auto zwischen seinem Haus und der Praxis in Køge zu ersparen.

"Erzähl", forderte Micke seinen Gast auf, als sie mit angezogenen Beinen auf dem gemütlichen Sofa im Wohnzimmer saßen, jeder eine dampfende Tasse in der Hand. Zwischen ihnen stand eine Dose mit selbstgemachtem *Vaniljekrans*-Gebäck von Mickes Mutter.

Holger berichtete von Maltes Besuch. "Er hat noch ein paarmal betont, wie leid ihm alles täte", schloss er. "Selbst für seine verquaste Wortwahl dabei hat er um Entschuldigung gebeten. Bis es mir zuviel wurde und ich ihn gebeten habe zu gehen."

"Mit dem, was er offensichtlich hören wollte?"

"Er wollte es ja gar nicht hören! Das war das Sahnehäubchen auf dieser ganzen surrealen Szene. Er hat gesagt, er könne vollkommen verstehen, dass ich seinen Überfall erstmal verdauen müsste. Er hat mir seine Telefonnummer gegeben und gesagt, ich solle mich dann melden, wenn ich mich dazu in der Lage sehe, ihm zu sagen, was immer meine Befindlichkeit ist. Dann ist er gegangen. Zum Glück. Mein Kopf kam mir vor wie ein Karussell."

Micke fragte nicht weiter nach. Er hatte festgestellt, dass Holger mehr erzählte, wenn man ihm sein eigenes Tempo ließ. Jegliches Nachbohren brachte nur das Gegenteil.

Holger legte den Kopf in den Nacken, starrte an die fast hundert Jahre alten Deckenbalken und überlegte. "Weißt du, ich bin wirklich kein nachtragender Typ, aber nach allem, was er damals mit mir angestellt hat, konnte ich ihn nun wirklich nicht einfach so in den Arm nehmen, ihm auf den Rücken klopfen und *'Das kriegen wir wieder hin'* sagen. Ich glaube ihm, dass der Herzinfarkt ihn erschreckt hat, aber das schreibt die Vergangenheit nicht um. Das bleibt doch alles wahr. Wie könnte ich da den Verlust, den Schmerz, die Wut...

und auch den *Hass* vergessen, den ich gespürt habe? Zumal es lange genug nachgewirkt hat."

Diesem letzten Satz hätte Christoph aus vollem Herzen zugestimmt, wenn er denn anwesend gewesen wäre. Es hatte ihn als guten Freund schon einiges an Nerven gekostet, Holger zu einem Abschluss mit dieser alten Geschichte zu bringen. Noch schwerer war es gewesen, als er seine über bloße Freundschaft hinausgehenden Gefühle für Holger entdeckt hatte. Manchmal hatte er den Eindruck gehabt, einen schier unbezwingbaren Nebenbuhler zu haben. Es war so unsagbar schwer, gegen einen Unsichtbaren, gegen ein Phantom zu bestehen.

Micke hielt seinen Blick nachdenklich auf die feinen Schleier gerichtet, die von seinem Tee aufstiegen.

"Was hältst du von alledem?" ermunterte Holger ihn zu einem Statement.

"Ich muss gerade daran denken, wie das damals mit dir und Malte zu Ende gegangen ist", antwortete Micke. "War ja nicht gerade feinfühlig."

"Die Untertreibung des Jahres! Das war raffiniertes Intrigenspiel wie in einer Seifenoper."

"Genau das meine ich. Ich frage mich, ob es diesen Herzinfarkt wirklich gegeben hat."

"Doch, das nehme ich ihm durchaus ab. Er hat mir ja den Bericht von der Klinik auf Kreta gezeigt. Bei *diágnosi* stand irgendwas mit *Camma* - wie *Herzkammer*. Ich glaube, im Dänischen sagt ihr *ventrikel*. Jedenfalls haben wir beide ganz unerwartet lachen müssen. Ein irgendwie witziges Wort für eine so ernste Sache. Wie hieß das noch... Ich komme einfach nicht drauf. *Inko*... Nein, *illjako encamma*. Ich weiß nicht, ob ich das richtig ausspreche, aber so in etwa las es sich."

"Hm...", machte Micke. Er drehte sich zu dem kleinen Tisch rechts vom Sofa um, wo Block und Kugelschreiber lagen. Er griff zu dem Stift.

Holger fuhr hoch. "Was machst du da?"

"Nichts, nichts."

"Micke, ich habe genügend Filme mit Barbra Streisand gesehen um zu wissen, dass ein Psychiater, der mitten in einem intensiven Gespräch beginnt, sich Notizen zu machen, bestimmt nicht Eier und Duschgel auf seinen Einkaufszettel schreibt!"

"Sei ganz unbesorgt. Ich habe mir nur das mit der *Herzkammer* aufgeschrieben. Wer weiß, ob ich das nicht irgendwann einmal brauche. Es laufen genug deutsche Touristen hier herum."

"Du bist kein Kardiologe!"

"Ich weiß. Aber viele Krankheiten der Seele wirken sich auf den Körper aus, und das Herz ist gar nicht mal so selten davon betroffen."

Holger gab sich damit zufrieden. "Am meisten beschäftigt mich, wie wenig Wut da in mir war, als er so plötzlich in meinem Haus stand", nahm er den Faden wieder auf. "Ich hatte mir immer vorgestellt, wie ich reagieren würde, sollte Malte jemals wieder auftauchen. Der Anfang hat auch gepasst." Er grinste, als er an die zugeknallte Tür dachte. "Aber danach... Ich war für meinen persönlichen Geschmack viel zu entgegenkommend. Eigentlich hätte er sofort wieder rausfliegen müssen. Stattdessen haben wir fast eine Stunde lang geschnackt. Und es war nicht unangenehm. Etwa so wie mit einem Fremden im Zugabteil, der einem merkwürdig vertraut scheint."

"Das solltest du positiv sehen", meinte Micke. "Es zeigt, welchen Weg du inzwischen zurückgelegt hast. Natürlich wird der Scherbenhaufen von damals immer Teil deiner Biographie bleiben, aber du hast ihn hinter dir gelassen. Übrigens schon in dem Moment, als du dich für dein neues Leben auf der Insel entschieden hast. Je mehr Zeit verstrichen ist, desto mehr hast du deinen Schmerz in eine Kraft umgewandelt, durch die du ganz anders mit Malte umgehen kannst. Vergiss zudem Christoph nicht. Der neue Mann an deiner Seite, der dir Lieb, Kraft und Zugehörigkeit gibt. Wer will sich da das Leben noch mit Erinnerungen an einen Malte verderben?"

"Ach ja, Christoph", sagte Holger und dachte an die SMS, die ihn auf der Fähre von Puttgarden nach Rødby erreicht hatte: *Leider muss ich für das Aalessen morgen absagen; ich schaffe es zeitlich einfach nicht. Tut mir leid, mien seuten Schietbüddel.*

8

Holger schlief in dieser Nacht auf Mickes Sofa, für die Rückfahrt um Mitternacht war es ihm zu spät. Er würde am nächsten Morgen früh aufbrechen und auf der

Fähre frühstücken.

Gegen drei Uhr wurde er wach, weil er einen erotischen Traum gehabt hatte, der ihm ganz und gar nicht behagte.

Gut hundertsiebzig Kilometer Luftlinie weiter südwestlich erwachte Christoph selber aus einem solchen Traum und grinste wie ein Honigkuchenpferd.

9

Wenn der Ortskern von Burg einen Fehler hatte, dann war es das Kopfsteinpflaster auf der Hauptstraße. Gewiss, es sah pittoresk aus und unterstrich das Alt-Fehmarnsche der unmittelbaren Umgebung, die von dem roten Rathaus und weiteren historischen Gebäuden am Marktplatz dominiert wurde. Sicherlich hatte es auch einmal gemütlich geklungen, wenn das ein oder andere Pferdefuhrwerk über die Straße gezockelt war. Doch empfindliche Mitmenschen empfanden das brummende Geräusch, das irgendwann durch aufkommenden Autoverkehr entstanden war und seitdem stetig zugenommen hatte, bisweilen als Lärmbelästigung. Ihren Unmut taten sie dann auch unüberhörbar kund.

Doch solche Zeitgenossen liefen einem nur selten über den Weg. Die meisten Besucher waren viel zu sehr im Entspannungsmodus, um sich an solchen Geräuschen zu stören, und die Insulaner kannten es nicht anders. Auch Holger war längst zu sehr daran gewohnt, um noch irritiert zu sein, wenn ein Convoy von Bikern vorübersauste oder ein Bus mit brummendem Diesel in Richtung Parkplatz davonfuhr, nachdem er eine Ladung Touristen am Markt ausgespuckt hatte.

Das Regenwetter hatte der Insel nur einen kurzen Besuch abgestattet, seit dem Mittag des neuen Tages machte Fehmarn seinem Ruf als die Sonneninsel der Ostsee wieder alle Ehre. Die Cafés und Eisdielen, welche die Ostseite der Breiten Straße säumten und in freundschaftlicher Konkurrenz um Gäste buhlten, profitierten davon mit fast vollständiger Auslastung.

Nach einem Termin bei der Kurverwaltung saß Holger im *Café Vogelflug*, vor sich einen großen Eisbecher, daneben ein Stapel Einrichtungszeitschriften. Die Anschaffung von Bettwäsche und Co. war eine Aufgabe, die sich nebenbei erledigen ließ, doch nach beinahe dreitausend Miettagen stand in der Ruhe der nächsten Wintersaison eine gründliche Renovierung an, bei der es nicht mehr nur mit neuen Tapeten getan war, die in wesentlich kürzeren Abständen an die Wände kamen. Alles musste raus und ersetzt werden - Tapeten ebenso wie Teppiche, Möbel, sanitäre Anlagen. Holger hatte jedoch noch nicht entschieden, in welchem neuen Look alles erstrahlen sollte. Er überlegte, von der nüchternen Nummerierung zu Namen wie *Fischerhütte* oder *Piratennest* überzugehen und die Atmosphäre der Apartments mit zum Namen passenden optischen Akzenten individueller als bisher zu gestalten. Im Moment waren das allerdings reine Gedankenspiele, für die er noch mehr Inspiration brauchte, ehe er sie umsetzte.

Er blätterte die Magazine durch und machte sich eifrig Notizen. Darum entging ihm zunächst auch, als auf dem Parkplatz vor der Terrasse direkt neben seinem Volvo ein Opel Kadett hielt, dessen quietschender Motor dringend einen neuen Keilriemen benötigt hätte. "Ach, hier bist du! Ich war gerade auf deinem Hof, weil ich mich verabschieden wollte, bevor ich nach Berlin zurückfahre, aber man sagte mir, du hättest zu tun."

Holger sah hoch und war etwas verwirrt ob der sichtbar von Rost befallenen Karosserie des Autos, die völlig im umgekehrten Verhältnis zu Maltes adretter Aufmachung stand. Denn mit dem selben Blick fiel Holger aufs Neue auf, wie gut Malte für jemanden aussah, der vor kurzem noch mit einem Herzmonitor verkabelt gewesen war. Nach Holgers Laienmeinung hätte alles ein bisschen kränklich-schlaff herunterhängen müssen, doch das figurbetonende T-Shirt unterstrich die Konturen von Maltes Brust, an die sich Holger früher so gerne angeschmiegt... Rasch klappte er seine Zeitschrift zu. "Steht deine Firma vor der Insolvenz, oder warum fährst du diese alte Karre? Eure Dienstwagen waren doch sonst immer so edle Schlitten."

Malte lachte. "Sind sie auch immer noch, aber was soll man machen, wenn der Leasingvertrag für den alten Wagen schon ausgelaufen ist, der neue aber noch nicht geliefert wurde? Den hier habe ich mir von meiner Nachbarin geliehen, die ist im Moment mit ihrem Verlobten auf Fuerteventura." Er deutete auf den zweiten Stuhl am Tisch. "Darf ich?"

"Klar", sagte Holger nach kaum merklichem Zögern.

Malte setzte sich. "Dir scheint es richtig gut zu gehen."

Holger nickte. "Stimmt, es gibt keinen Grund, mich zu beklagen. Hier habe ich genügend Abstand zu den alten Dingen, die mir in Hamburg nicht gut getan haben, bin aber immer noch nahe genug dran, um schnell mal hinzufahren und das zu genießen, was mir immer noch gut tut."

"Hat dir das mit mir so zugesetzt, dass du es in unserer... *deiner* alten Wohnung..."

Sieh an, dachte Holger, *er hat also ein Bewusstsein dafür, wer die wirklich großen Rechnungen bezahlt hat.*

"... nicht mehr aushalten konntest?"

Holger dachte an Mickes Bemerkung, wie er Malte gegenübertreten konnte, und antwortete halb ernst, halb spöttisch: "So wichtig bist du nun auch wieder nicht gewesen."

Eine Kellnerin erschien und nahm Maltes Bestellung nach einem doppelten Espresso nebst einem Stück Mokkatorte auf. Als sie wieder gegangen war, fuhr Holger fort: "Da war noch mehr. In der Firma hat ein neuer Wind geweht, nach dem ich einfach meine Segel nicht mehr ausrichten wollte. Es hatte sich alles so zum Negativen verändert, dass ich mir eines Tages morgens vor dem Badezimmerspiegel beim Zähneschrubben nicht mehr selber in die Augen gucken konnte. Da kam der Vorschlag der göttlichen Jette, den Hof zu übernehmen, genau richtig."

"Wie geht es ihr?" Malte strich sich eine widerspenstige Haarsträhne aus der Stirn. Eine Geste, die

Holger nur allzu gut in Erinnerung hatte. Und er fand sie immer noch sexy. Verdammt sexy.

"Abgesehen davon, dass sie sich entsetzlich langweilt, sobald sie mal mehr als zwei Tage nichts zu tun hatte, bestens", griff er schnell den Faden auf. "Wenn sie gerade nicht bei mir aushilft, backt sie ohne Ende Torten für das Hofcafé ihrer Nachbarn."

"Hast du ihr von meinem Besuch erzählt?"

Holger schüttelte den Kopf. "Nein, ich hatte genug mit meinen eigenen Gedanken zum Thema zu tun. Da konnte ich nicht noch eine andere Meinung verdauen. Zumal ich mir denken kann, wie die aussieht. Du kannst dir vorstellen, dass Jette ihre ursprüngliche Sympathie für dich bannig fix abgelegt hat, nachdem du verschwunden bist."

Malte rutschte unruhig auf seinem Stuhl hin und her. Er hatte nicht vergessen, wie sehr die göttliche Jette ihn gemocht und wie einen eigenen Enkel ins Herz geschlossen hatte. Sehr wohl hatte er allerdings vergessen, dass eine Trennung nie eine Sache war, die unter den beiden Hauptbeteiligten blieb. Egal, wie freundschaftlich oder feindselig man auseinandergehen mochte - es ließ Freunde und Familie nicht unbeeindruckt, worauf diese dann ihren eigenen Umgang mit der Situation fanden.

Aus Maltes Mienenspiel konnte Holger ablesen, dass diese Erkenntnis gar nicht behaglich ankam. *Gut so*, dachte er, *das kleine Arschloch hat es neulich viel zu leicht gehabt*. Gleichzeitig war er zufrieden mit sich, zeigte die wenig schmeichelhafte Titulierung doch, dass er im

Umgang mit seinem Ex wieder auf die richtige Linie eingeschwenkt zu sein schien.

Mittlerweile waren Torte und Espresso serviert worden. Normalerweise nahm Malte nur einen Löffel Zucker, doch diesmal schaufelte er sich gleich vier in die Tasse.

"Wenn du so weitermachst, ist der nächste Besuch in der Kardiologie nicht mehr weit entfernt."

Malte schreckte hoch. "Wie? Oh, Mist. Dann eben nur das hier." Er zeigte auf das Glas Wasser, welches zusätzlich gereicht worden war. "Wo waren wir noch gleich stehengeblieben?"

"Du hast festgestellt, dass es mir gut geht."

"Richtig, und ich freue mich wirklich. Nicht nur du siehst großartig aus, auch was ich gerade vom Hof gesehen habe, war wirklich beeindruckend. Alles so schick und gepflegt. Dem Tourismus scheint es trotz Wirtschaftskrise blendend zu gehen."

"Das kann man wohl sagen. Der Laden läuft wie geschmiert. Selbst die ganz alten Stammgäste von Jette, die sogar noch Opa Klaas gekannt haben, sind mir ohne Ausnahme treu geblieben. Das will bei den alten Leutchen wirklich etwas heißen. Selbst mir ist es in der kurzen Zeit schon gelungen, neue Gäste zu Wiederholungstätern zu machen." Stolz legte sich in Holgers Stimme. "Worüber sich auch meine Kasse mächtig freut."

"Du stehst also auf sicheren Füßen." Es war mehr Feststellung als Frage.

"Kann man so sagen."

"Das klingt gut. Sogar sehr gut", schob Malte halblaut nach.

Holger hörte es trotzdem und runzelte die Stirn. Seine Situation war wohl etwas, mit dem sich sein Ex selber eine Art Absolution für das Chaos von einst erteilen wollte. Er kam nicht dazu, weiter darüber nachzudenken, denn er hatte einen weiteren Nachsatz aufgeschnappt: "Wenigstens einer."

"Was ist los?" fragte Holger.

"Ach, nichts weltbewegendes. Nach der Sache auf Kreta ist es im Moment nur ein bisschen chaotisch bei mir. Wegen der Kosten liege ich sowohl mit meiner normalen Krankenversicherung als auch der Zusatzversicherung für Auslandsreisen im Clinch. Allein die Frage, wer die fünfhundert Euro für die Übersetzung des Entlassungsbriefes übernimmt, hält den ganzen Verkehr ziemlich auf. Aber das Krankenhaus in Heraklion will sein Geld natürlich sofort sehen."

"Was bedeutet das für dich?"

"Vorkasse."

"Wie viel?"

"Knapp fünftausend Euro..."

"O-haue-ha."

"... die ich im Moment nicht habe."

"Du verdienst doch so gut als Regionalmanager in deiner Firma", wunderte sich Holger. "Hast du nichts auf die Seite gelegt?"

"Normalerweise doch, aber hast ja selber Erfahrung mit Eigentum - wenn man gerade sein komplettes Bad saniert hat..."

Holger hielt Einhalt gebietend die Hand hoch. "Alles klar. Mann, das ist echt ein ziemlicher Kuddelmuddel, den du da mitmachst."

"Wem sagst du das."

"Brauchst du Hilfe?"

"Kennst du in Berlin einen guten Anwalt für Patientenrecht?"

"Das meine ich doch gar nicht, sondern..."

"Stop!" Jetzt war es an Malte, abwehrend die Hand hochzuhalten. "Sag es gar nicht erst. Wie sähe das denn aus? Als hätte ich meinen Besuch bei dir nur vorgeschoben. Nein, mein Lieber. Kommt gar nicht in die Tüte."

Zum Schluss bestand Malte sogar darauf, die Rechnung zu übernehmen, was Holger gar nicht recht war. Er hatte schon ein Portemonnaie gezückt, als Malte seine Hand festhielt. "Bitte - lass mich das machen."

Die Berührung durchfuhr Holger wie ein Blitz. Ihm wurde heiß und kalt gleichzeitig. Genau deswegen hatte er Malte bislang nicht mal einen Begrüßungshandschlag gegeben. Nicht, dass auf einen Schlag alte Gefühle reaktiviert worden wären, dazu hatte Malte einfach zu viele Verletzungen hinterlassen, aber die Erinnerungen an gemeinsame Zeiten ließen die Narben von damals zumindest unangenehm jucken.

Nicht nur deswegen fügte er sich ohne jeden weiteren Protest. Malte war von jeher stolz darauf gewesen, niemandem auf der Tasche zu liegen. Das musste Holger ihm weiterhin anrechnen und ihn nicht dadurch kränken, seinerseits die Rechnung zu übernehmen, womit er dann mehr oder minder dezent darauf hingewiesen hätte, dass sein Ex sich solche Ausgaben derzeit besser sparen sollte.

Malte winkte die Kellnerin zu sich und beglich die Zeche, wobei er ein so großzügig bemessenes Trinkgeld auf den Tisch legte, dass Holger beinahe doch noch etwas gesagt hätte.

Eigentlich war es jetzt an der Zeit, die Runde aufzuheben, doch Malte druckste. "Du, Holger, bevor sich unsere Wege jetzt wieder trennen..."

"Ja?"

"Ich weiß nicht, wie ich es sagen soll, aber... aber es wäre schön, wenn du mir etwas sagen könntest. Nein, nein, versteh das nicht falsch. Ich will dich nicht zu einem Statement drängen, das *mir* gefällt, aber hinter dem *du* nicht stehen kannst. Es wäre nur schön, wenn ich meine... wie soll man sagen? Also, wenn ich meine *'kleine innere Mission'* mit etwas Definitivem von dir abschließen könnte, ganz egal wie das aussieht. Meinst du, es wäre möglich, mir diesen Wunsch zu erfüllen?"

10

Nachdem der Kadett mit ein paar deftigen Fehlzündungen in Richtung Festland davongefahren war, starrte Holger noch eine ganze Weile in seinen Becher und beobachtete gedankenverloren die Muster, die er mit dem Löffel in den Rest aus Eis und Erdbeersauce rührte, bis ihn ein *Pling!* seines Smartphones an einen Termin erinnerte. Er stieg in seinen Volvo und fuhr nach Burgstaaken.

Eine echte Fischereiflotte besaß der Hafen von Burg an der Südküste der Insel nicht mehr, doch ein paar Kutter gab es immer noch, die ihren Tagesfang zumeist direkt von Bord herunter an Touristen oder die Restaurants der Insel verkauften. Zum Kutter *Staberhuk* hingegen gehörte noch ein kleines Fischgeschäft, dem Holger nun seine Aufwartung machte. "Moin, Willem", grüßte er beim Eintreten.

"Moin, Holger", erwiderte der Seniorchef des Familienbetriebes Voss. "Alles klar?"

"Kann nicht klagen. Und bei euch?"

"Allerbest."

"Prima. Hast du meine Aale fertig?"

"Aber sicher doch. Ich hol sie dir eben." Willem Voss verschwand durch eine Schwingtür, durch die er kurz darauf mit einer Holzkiste zurückkehrte. "Da sind die guten Stücke: Zehn Aale, gut vierzig Zentimeter, ausgenommen, ohne Köpfe und Schwanzflossen. Aber nun verrat mir doch mal: Warum sollte ich sie erst eine Nacht in Salz legen und dann noch heute an der Luft trocknen?"

Holger erklärte, was er damit vorhatte.

"Ah!" machte Willem Voss. "Klingt bannig gut. Muss ich mal ausprobieren. Woher kennst du das?"

"Das hat mein Urgroßvater mir beigebracht, als ich acht oder neun war, ganz kurz vor seinem Tod war das. Der hat ja noch als Junggast bei einem Elbfischer gelernt, bevor das immer weniger wurde und er auf Festmacher im Hafen umsatteln musste. Da hat er natürlich das ein oder andere gelernt."

"Das magst du wohl sagen! Meine Altvorderen haben mir auch noch Kniffe beigebracht, die heute kein Mensch mehr kennt!"

Holger zahlte den Preis, den er mit Willem vereinbart hatte. Die Quittung samt Durchschlag brauchten sie beide nur für die Steuer. Alles andere wurde für sie nach alter Sitte ausschließlich durch ihren Handschlag zum wasserdichten Geschäft.

Willem hob die Aalkiste über den Tresen, Holger nahm sie an.

"Jo, danke, Willem. Bring ich dir gleich morgen wieder."

Willem winkte ab. "Lass dir Zeit. Durchlaufender Posten, habe ich massig auf Vorrat. Dann mal tschüß und bannig viel Spaß mit den Lütten."

"Werde ich haben. Tschüß, Willem."

Zwanzig Minuten später war Holger wieder auf dem Hof, wo die Kinder einiger Feriengäste ihn ungeduldig erwarteten. Dabei dauerte es noch fast eine halbe Stunde bis zum geplanten Beginn.

Kaum hatte er die Fahrertür seines Wagens geöffnet, wurde er schon umringt. "Nu' lasst mich das Zeug doch erstmal zum Tisch bringen", lachte er. Ein wenig kam er sich vor wie der Rattenfänger von Hameln, als er mit der Aalkiste in den Händen zu der großen Terrasse vor der alten Scheune ging, ein Schwarm Kinder ihm dicht auf den Fersen. Charly kam gar nicht erst aus der Haustür, die Holger für ihn geöffnet hatte. Er hasste Fischgeruch.

Das geplante Aalbrennen war eine der kleineren Veranstaltungen, die er immer dann spontan durchzog, wenn es gerade passte. Im Moment waren einige Kinder auf dem Hof, welche die Ankündigung mit der erwarteten Begeisterung aufgenommen hatten.

Er belegte einen der Tische einer Wachstischdecke und breitete die Aale darauf aus.

"Dann kommt mal her, ihr Fischbräter", begann er. "Ich zeig' euch jetzt, wie das geht, damit ihr das gleich richtig macht und eure Eltern sich auch über das leckere Essen freuen. Yannick, kannst du ein Stück nach links gehen, damit Oskar besser sehen kann? Und Helena, kannst du dich bitte mal hinter Patrick stellen, der ist ein bisschen kleiner als du. Danke!"

Holger nahm einen der Aale zur Hand. Hier zeigte sich, warum er Willem gebeten hatte, die Köpfe und Flossen abzuschneiden: Einige der Kinder hätten sich garantiert geekelt und nicht mitgemacht.

Zusätzlich nahm Holger eine Zeitung aus einem ausrangierten Wäschekorb, eine extra dicke Sonnabendausgabe, die er für genau solche Zerstreuungen Woche um Woche beiseite legte. Während er hantierte, erklärte er den Kindern, was zu tun war: "Ihr nehmt euch eine Zeitung und schlagt sie genau in der Mitte auf. So. Dann nehmt ihr euch ein einziges Blatt und stopft damit die Pappe von dieser alten Küchenkrepprolle ganz aus. Das legt ihr dann kurz beiseite. Klar soweit? Super. Jetzt nehmt ihr einen der Aale und legt ihn an das untere Ende. Dann nehmt ihr die Papprolle, legt sie am Schwanzende des Aals halb auf den Rand der Zeitung und halb auf den Tisch. Seht ihr? Und jetzt fangt ihr an, den Fisch mit dem halben Rollenende ganz stramm einzuwickeln. So, jetzt ist der Aal in einer Rolle aus Zeitungspapier eingewickelt. Am unteren Ende guckt die Papprolle halb raus, und hier oben drücken wir das Papier einfach ganz fest zusammen, damit das Paket nicht aufgeht. Das machen wir jetzt mit allen Aalen."

Für die nächste Dreiviertelstunde waren die Kinder damit beschäftigt, alle Aale einzuwickeln. Holger half ihnen dabei. Vor allem die fünfjährige Nele hatte noch nicht genügend Kraft in ihren kleinen Fingern. Allmählich gesellten sich auch die Eltern dazu und beobachteten stolz, mit welcher Lust und Ernsthaftigkeit ihre Sprösslinge bei der Sache waren.

Schließlich waren alle Aale verpackt. Vorsichtig brachten Holger und die Kinder ihre Pakete zu den beiden großen gemauerten Grills am Rand der Terrasse. Holger legte die Aalpakete nebeneinander auf die Grillroste. Dann half er jedem Kind, bei "seinem" Aalpaket die am Ende herausragende Papprolle wie eine Lunte anzuzünden, was von den Erwachsenen jedes Mal mit Applaus bedacht wurde. Langsam fraß sich das Feuer bis zu den Zeitungen durch, bis schließlich alle Pakete in Flammen standen.

"Nun haben wir eine Weile Zeit", verkündete Holger. "Tisch decken angesagt - das machen aber die Erwachsenen. Geschirr, Toastbrot und so weiter finden Sie in der Wirtschaftsküche!"

Bis diese Aufgabe erledigt war, hatten die Flammen sämtliche Zeitungen komplett verbrannt und die Aale waren "durch". So, wie sein Urgroßvater es ihm gezeigt hatte, entfernte Holger vorsichtig die Asche und zog die Haut ab. Das Fleisch legte er auf große Teller, von denen sich alle bedienen konnten. Gemeinsam ließ man sich zum Abendessen nieder.

Als Holger gegen zwanzig Uhr mit dem Aufräumen begann, traute Charly sich wieder aus dem Haus. Der Fischgeruch hatte sich für seinen Geschmack genug verzogen. Holger warf ihm einen warnenden Blick zu. "Einen Zentimeter zu dicht an den Aurikeln, und es gibt heute noch Hot Dog!"

Darauf hatte Charly heute ohnehin keine Lust. Als Holger nach dem Mittagessen aufgebrochen war, hatte er vergessen, den Teller mit den Frikadellen, die für morgen übrig bleiben sollten, in den Kühlschrank zu stellen. Stattdessen hatte er ihn auf dem Couchtisch im Wohnzimmer stehen gelassen. An die Verlockungen zu gelangen, war eine der leichtesten Übungen für einen Hund, ihnen zu widerstehen eine der schwersten.

Charly hatte den Kampf mit seiner Selbstbeherr-schung rasch verloren, wusste aber genau, dass es heute noch Zunder dafür geben würde. Es war besser, die Anklageschrift nicht obendrein um Aurikel zu ergänzen. Charly schnüffelte sich durch ein paar Ecken und legte sich dann in den offenen Kofferraum von Holgers Kombi, wo er rasch einschlummerte.

Holger war fast fertig mit dem Aufräumen, als ein ihm

nur zu bekannter Golf auf den Hof rollte. Christoph stieg gut gelaunt aus. "Moin, mein Lieber."

"Moin", erwiderte Holger knapp.

"Warum hast du gestern Abend auf meine SMS nicht geantwortet?"

"War das nötig?"

"Du bist füünsch", stellte Christoph fest.

"Wow." Holger stieß einen ironischen Pfiff aus. Er packte ein paar Teller in den Korb für die Spülmaschine in der Wirtschaftsküche. "Das ist, als wäre ich mit Miss Marple zusammen. Natürlich bin ich füünsch. Du wünschst dir ein Aalbrennen, und dann tauchst du nicht auf."

"Du hast ja recht", sagte Christoph zerknirscht. "Ich hätte mir eine bessere Ausrede einfallen lassen sollen. Oder einfach nur sagen, dass ich mich verspäte. Aber ich musste mich schnell entscheiden, sonst wäre die Chance vertan gewesen."

"Wie darf ich das verstehen?"

Christoph senkte vertraulich die Stimme. "Zu unserer Clique gehört doch Kevin. Du weißt schon..."

"Natürlich - unsere kleine Touristenfee vom Info-pavillon am Bahnhof."

"*Newsflash:* Kevin arbeitet da seit mittlerweile neun Monaten nicht mehr. Du bist wirklich nicht mehr auf dem Laufenden, mein Häschen." Er gab Holger einen Stups auf die Nase.

"Lass das - oder sehe ich aus wie Sissi?"

"Nun komm mal ein bisschen runter und lass mich erzählen. Dann kannst du neu entscheiden, ob du immer noch sauer sein willst."

Holger drehte einen leeren Getränkekasten um, ehe er sich darauf hinsetzte. "Ich höre."

Christoph tat es ihm gleich. "Fein. Folgendes: Kevin arbeitet inzwischen in der Pressestelle der Konzertagentur Cohrs. Und welche Konzertagentur organisiert im Oktober das einzige, in Hamburg stattfindende Deutschlandkonzert der Welttournee zum fünfundzwanzigjährigen Bühnenjubiläum der Lieblingssängerin eines gewissen Holger C. aus B. auf F.?"

Holger wurde blass. "Nein!"

"Doch." Christoph zog einen Umschlag aus der Innentasche seines Sakkos. "Zwei VIP-Karten mit Backstagepass und *Meet & Greet* bei der After Show Party im Hotel - und die konnte ich nur heute bekommen, weil auch Kevin sie erst heute bekommen hat. Du kannst dir vorstellen, dass solche Zuckerstücke schnell... Hiiiiilfe!"

Holger war ihm um den Hals gefallen, beide gingen lachend zu Boden. Charly gönnte der Szene nur einen kurzen Blick, ehe er den Kopf wieder senkte und weiterdöste. Er war daran gewöhnt, dass seine beiden Herrchen manchmal ein bisschen verrückt waren.

Was Charly dachte, bekamen Christoph und Holger weder mit noch interessierte es sie sonderlich. Auf die Gäste musste allerdings Rücksicht genommen werden, also wurde die Intensivierung der Dankesbekundung auf einen späteren Zeitpunkt im Knechtshaus verlegt. Christoph half beim restlichen Aufräumen. Er hielt den Eimer mit den verkohlten Resten der verbrannten Zeitungen hoch. "Wo soll das hin?"

"Kipp das in einen meiner Ascheimer, die sind noch recht leer. Die großen für die Apartments sind fast voll, da verteilt der Wind das ganze Zeug, sobald jemand die aufmacht."

"Okay." Christoph brachte die Asche weg und kehrte mit nachdenklicher Miene zurück. "Sag mal, Schnuffi, geht es dir eigentlich gut?"

"Klar doch." Holger hatte begonnen, die Terrasse zu fegen. "Warum fragst du?"

"Ich habe gerade in deiner Mülltonne eine verdächtige Anzahl leerer Vanilleeisbecher gefunden."

"Und?"

"Schnuffi...", sagte Christoph vorwurfsvoll. "Wie lange kennen wir uns jetzt? Zwei-, dreihundert Jahre?"

"In etwa", erwiderte Holger trocken.

"Eben. Darum weiß ich, was diese Becher bedeuten: Du schiebst wegen irgendwas den Blues, und wie üblich stopfst du dich mit Vanilleeis voll, als würdest du dir davon eine Weissagung erhoffen wie durch das Orakel von Delphi."

"Der Vergleich hinkt nicht nur, der kommt im Rollstuhl daher. Mit dem Blues könntest du aber recht haben - fast. Blues würde ich es nicht mal nennen. Eher Denksport. Jedenfalls liegst du mit dem Eis falsch. Die Becher sind noch von letzter Woche, als ich mit den Kindern Mandel-Rapshonig-Eis gemacht habe."

"Ja, ja, ja, ja." Christoph wedelte das Kindervergnügen beiseite. "Erzähl mir lieber von dem Denksport."

"Kein Problem. Halt dich aber gut fest, sonst fällst du vom Stängel."

"Schnack nicht um den heißen Brei, komm zur Sache."

"Sag hinterher nur nicht, ich hätte dich nicht gewarnt: Malte war hier."

"*WAS?*" Christophs Miene verdüsterte sich in Sekundenbruchteilen. "Dass der sich überhaupt traut, dir in diesem Leben nochmal unter die Augen zu treten. Mit einem Funken gesunden Menschenverstand hätte er wissen können - und müssen! - dass das nicht ganz ohne Risiko ist."

"Nicht jeder hat so einen formidablen rechten Haken wie du." Holger grinste sonnig. "Oder war's ein linker?" Er spielte auf einen Zwischenfall an, bei dem Christoph einem Nebenbuhler um Holgers Gunst gezeigt hatte, wo der Hammer wirklich hing.

"Das gehört nicht hierher!" erklärte Christoph eine Spur zu giftig. Es war ihm heute noch peinlich, dass er sich so hatte gehen lassen. Für Holger hingegen war es eines der Dinge gewesen, mit denen Christoph ihn am Ende erobert hatte. Und er hätte sich gefreut, wenn Christoph solche Lebendigkeit etwas öfter gezeigt hätte. Nicht, dass Christoph ein Langweiler war. Auch er hatte seine Leidenschaften, bei denen er in Wallung geraten konnte, und das nicht nur im Schlafzimmer. Doch im Umgang mit Alltagskatastrophen oder solch kleinen Eifersüchteleien war er immer so verdammt relaxed. Was Holger in diesem Punkt zuviel hatte, war bei Christoph manchmal zu wenig vorhanden.

"Wie hast du's denn verdaut?" kam Christoph auf das eigentliche Thema zurück.

"Wenn ich das mal so genau wüsste." In groben Zügen schilderte Holger die Begegnung und unterschlug auch nicht, wie verwirrt er gewesen war. "Als er wieder weg war, drehte sich alles um mich."

"Worauf du dich mit dem Vanilleeis vollgestopft hast, statt mit mir drüber zu schnacken? Du bist unmöglich. Lass doch mal die Finger von dem Zeug. Dass du auch immer alles alleine regeln musst!"

"Hab' ich ja gar nicht! Die Eisbecher sind wirklich vom Kindernachmittag!" verteidigte Holger seine Ehre. "Ich war drüben bei Micke. Ich musste mit jemandem reden, der die Vorgeschichte zwar kennt, aber nicht dran beteiligt war."

Christoph brummelte Unverständliches vor sich hin, weil er nicht zugeben wollte, dass eine neutrale Meinung manchmal tatsächlich die sinnvollste Strategie war. "Hat dich der Schnack mit Micke weitergebracht?" fragte er schließlich.

"Ich denke schon. Er hat mir aufgezeigt, wie ich mit Malte umgehen kann. Als ich ihn heute wiedergesehen habe, war es schon nicht mehr ganz so verwirrend."

"Der war nochmal hier? Will er sich wieder ganz in dein Leben einnisten?" Christophs Züge verhärteten sich wieder. Natürlich war es nicht nur Solidarität mit Holger, der wirklich viel durchgemacht hatte, die ihn so aufbrachte. Einen kleinen Stich Sorge vor weiteren Entwicklungen verspürte er auch.

"Er war ja gar nicht hier. Er hat mich im *Vogelflug* sitzen sehen und ist zu mir gekommen, um sich zu verabschieden. Er hat mir nochmal gesagt, wie leid ihm alles tut, ich habe ihm die Absolution erteilt, und dann ist er zurück nach Berlin, wo er noch einiges andere geraderücken will. Ich möchte gar nicht wissen, was er noch alles angestellt hat. Ich glaube fast, der hat eine kleine Deutschlandtournee vor sich. Jedenfalls hat es nicht den Anschein, als würde er noch einmal hier auflaufen. Er hat seinen kleinen Schrecken gehabt, jetzt bringt er sein Leben in Ordnung."

"Ich höre die Worte wohl, allein mir fehlt der Glaube. Wenn jemand so materialistisch lebt wie der, hat er doch immer das Gefühl, alles ist in Ordnung, solange immer eine Flasche Champagner im Haus ist. Arbeitet der eigentlich immer noch als Vertreter für Sanitärbedarf?"

"Malte macht in Versicherungen - wie kommst du auf Sanitärbedarf?"

"Tja, ich weiß nicht wieso, aber jedes Mal, wenn sein Name auftaucht, muss ich an Kloaken denken."

"Manchmal könnte man meinen, *du* bist der verlassene Ex."

Christoph sah Holger eindringlich in die Augen. "Pass bloß auf dich auf. Der war schon früher ein linkes Aas. Erinnere dich dran, wie er dich nach Strich und Faden verarscht hast, auch wenn du es nicht wahrhaben wolltest. Der hat noch nie was ohne Hintergedanken gemacht. Es würde mich nicht wundern, wenn da noch mehr kommt." Er griff sich einen Korb mit benutztem Geschirr.

"Immer wieder schön, wie du in einer Tour Optimismus verbreitest, mein Schnuffelchen." Holger stellte den Besen beiseite und bückte sich. Ein Streich-holzbriefchen mit Werbung für das *Blue Moon Hotel* lag auf dem Boden. Holger grinste in sich hinein. Welcher von den ehrbaren Familienvätern unter seinen Gästen trieb sich denn in einem der am meisten verrufenen Stundenhotels von St. Georg (Zimmer ab dreißig Euro) herum? Er öffnete das Briefchen. Auf der Innenseite war etwas notiert: *Nächste Termine Fr., 27. Juli, 14 h / Sonnab., 28. Juli, 10 h, Dom. Jou.*

"Schnuffel, hilfst du mir mal?" Christoph stand mit dem schweren Korb vor der zugefallenen Tür zum Knechtshaus.

Holger schob das Briefchen in seine Hosentasche und ging hinüber, um die Tür aufzuschließen.

11

Beinahe hätte die Szene aus einem Entführungsdrama stammen können, aber eben nur beinahe. Denn da, wo Hollywood die Kamera auf einen randvoll mit nicht fortlaufend nummerierten Dollarscheinen in kleiner Stückelung gefüllten Aktenkoffer gehalten hätte, waren in der Realität nur eine Handvoll Euroscheine zu sehen, die den Boden des Koffers nicht mal ganz bedeckten. Aber dieser Aktenkoffer war das einzige abschließbare Behältnis, das Holger hatte, um das Bargeld vom letzten Wochenende zur Bank zu transportieren. Die ganze Woche über war er nicht dazugekommen, doch er wollte es unbedingt erledigt haben, bevor am morgigen Sonnabend beim nächsten "Wachwechsel" neue Scheine hinzukommen würden und er dann noch mehr im Haus gehabt hätte.

Wie noch oft in Holstein üblich, wurde auch bei Holger die Zeche von den Gästen bei Ankunft in bar beglichen. Da sammelten sich an einem Wochenende durchaus mehrere tausend Euro an. Umso ärgerlicher, dass ausgerechnet *seine* Bank ihre Räumlichkeiten auf der Insel vor kurzem geschlossen hatte und er nun immer zur nächsten größeren Geschäftsstelle nach Grömitz musste. Es wurde wohl Zeit für ein neues Geldinstitut. Er mochte es nicht, mit soviel Geld unterwegs zu sein, auch wenn die Einnahmen der Geschäfte am Marktplatz vielleicht lohnender für einen Überfall waren.

Seufzend klappte er den Deckel zu, schloss den Koffer ab und ging aus dem Haus. Charly saß schon vor dem Auto und wartete. Holger beäugte ihn misstrauisch, doch der Hund hatte keine verräterischen Spuren von Erdarbeiten an den Pfoten. Holger öffnete die Tür zum Fond, so dass Charly auf die Rückbank konnte. Den Koffer legte Holger daneben.

Als Holger von der Hofzufahrt auf die Straße abbiegen wollte, kam ihm die Postbotin entgegen. Sie reichte ihm eine Handvoll Briefe durch das Fenster und war froh, so den Weg zum Knechtshaus und zurück gespart zu haben.

Holger prüfte, für wen die Post bestimmt war. Mitunter kamen auch Briefe für Gäste an, etwa wenn Da-

heimgebliebene ihren Verwandten auf großer Ferien-
fahrt Geburtstagsgrüße schickten. Heute war alles ausschließlich für ihn, also fuhr er weiter. Auf der Fehmarnsundbrücke fing Charly an zu winseln.

"Musst du raus?" Holger blickte in den Rückspiegel
und sah, wie Charly unruhig hin und her rutschte.
"Alles klar. Dich zuhause nochmal zu erleichtern wäre
ja auch zu einfach gewesen."

Er seufzte und verließ die Schnellstraße. Bei Lütjen-
brode bog er in einen verlassenen Redder. Er legte
Charly an eine lange Schleppleine, mit welcher der
Hund genügend Bewegungsfreiheit hatte ohne aus-
reißen zu können.

"Bitte sehr, Mössjöh - mach nur keine kultische Hand-
lung draus." Dabei wusste Holger genau, wie pingelig
Charly bei der Wahl der richtigen Stelle für sein Geschäft war.

Aus dem Wagen war ein Klingeln zu hören. Holger
griff am Lenkrad vorbei nach seinem Smartphone. Un-
bekannte Nummer.

"Clausen?"

"Hallo, Holger. Tut mir leid, wenn ich störe, aber ich
sitze hier in Heiligenhafen ganz böse in der Bredouille.
Kannst zu mich zum Bahnhof nach Oldenburg fahren?"

Die Stimme am anderen Ende der Leitung war ihm
vertraut, doch "was zum Teufel machst du in Heiligenhafen?"

"Lange Geschichte, die ich dir gerne erzähle, aber
nach Möglichkeit, wenn wir auf der Piste sind. Der

einzige durchgehende Zug nach Berlin fährt um kurz nach elf. Kannst du mir helfen? Bitte?"

Holger überlegte kurz. "Ja, gut... mache ich. Wo soll ich dich einsammeln?"

"*Pension Fredemarie* - weißt du, wo das ist?"

"Das ist nicht im Ortskern oder? Sagt mir nämlich jetzt gar nichts."

"Nein, das ist etwas außerhalb."

"Gib mir einfach die Adresse, mein Wagen hat ein Navi."

Malte nannte ihm eine Straße, die Holger die Stirn runzeln ließ. Die *Pension Fredemarie* lag nicht gerade im Zentrum des touristischen Lebens der Stadt, sondern am Ende einer Sackgasse in einem Gewerbegebiet. Holgers Vermutung, dass hier hauptsächlich Trucker und sonstige Berufsreisende logierten, bestätigte sich, als er auf den großzügigen Parkplatz fuhr, wo er seinen Wagen zwischen dem SUV mit der Werbung eines Windkraftunternehmens und dem Minivan eines Bauarbeitertrupps parkte und ausstieg. Das Gebäude selber war ein schmuckloser, dreigeschossiger Flachdachbau, der ebenso gut eine Schule oder ein kleines Kreiskrankenhaus hätte sein können. Oder ein Motel. Aber keine Pension - dieser Begriff war irgendwie romantischer besetzt.

Malte hatte vor dem Eingang gewartet und ging nun zu Holger hinüber. "Mein Retter in der Not! Ich weiß nicht, wie ich dir danken soll."

"Erstmal gar nicht, ich habe ja noch nichts gemacht." Holger war erschrocken, wie erschöpft und mitgenommen Malte plötzlich aussah. Irgendetwas musste seit der der letzten Begegnung geschehen sein. "Kannst du mir mal verklaren, was du hier tust? Ich dachte, du wärst längst wieder in Berlin."

"Das war der Plan", bestätigte Malte mit müder Stimme. "Doch der Kadett hatte anderes mit mir vor. Kaum war ich nämlich von dieser ollen Brücke runter, haben plötzlich alle Systeme versagt. Ich konnte weder Gas geben noch bremsen. Und das auf der abschüssigen Brückenrampe. Ich kam mir vor wie bei der Verfolgungsjagd in Hitchcocks *Familiengrab*. Erinnerst du dich noch?"

Wie hätte Holger das je vergessen können - es war sein und Maltes Lieblingsfilm gewesen.

"Wenigstens funktionierten die Warnblinker noch. Also hab ich den Wagen auf dem Standstreifen ausrollen lassen. Lange Rede, kurzer Sinn: Zu einer örtlichen Werkstatt abschleppen lassen, ein paar Nächte in diesem lauschigen Etablissement abwarten, und vorhin kam das Todesurteil. Der Wagen ist sofort auf dem Schrottplatz gelandet. Jetzt muss ich von Oldenburg mit dem Eurocity aus Kopenhagen nach Berlin fahren." Malte seufzte. Er blickte ins Leere, wirkte übermüdet und als wäre er pausenlos damit beschäftigt, sich selbständig machende Gedanken wieder einzufangen. Vermutlich hätte er sogar grau im Gesicht ausgesehen, wenn er sich nicht auf Kreta vor dem Herzinfarkt so eine verdammt intensive Bräune geholt hätte. Mehr zu sich selbst sagte er: "Mal sehen, wie ich das mache. Die Rechnung hier in der Pension bekomme ich noch bezahlt, aber dann wird's knapp. Meinen letzten Rest Geld brauche ich jetzt eigentlich, um Ines das Auto zu ersetzen. Eigentlich kann ich nur hoffen, dass solange wie möglich niemand zum Kontrollieren kommt. Vielleicht kann ich dann sagen, ich wäre erst in Lübeck der Hamburg zugestiegen. Dann muss ich mich in Berlin nur noch zum nächsten Ersten schleppen."

"Mach dir da keine Gedanken drüber", beruhigte Holger. "Wenn ich dich schon zum Bahnhof karre, kann ich auch dafür sorgen, dass du nicht als Schwarzfahrer im Zug sitzt."

Malte blickte ihn dankbar an. Er wollte etwas sagen, konnte Holger aber nur das Handgelenk tätscheln. "Ich begleiche rasch die Rechnung und hole meine Sachen", brachte er hervor. Er wandte sich um zum Gehen.

Holgers Blick fiel auf die Rücksitzbank. "Warte." Er hielt Malte am Arm fest. "Hör genau zu. Ich sage es nur ein einziges Mal, und du hast diese Chance nur ein einziges Mal. Also: Was gewesen ist, ist gewesen. Wir haben beide nix davon, uns das Jetzt mit ollen Kamellen schwer zu machen. Deine Gesundheit hat dich in eine miese Situation gebracht. Dafür kannst du nichts, also gibt es nichts, wofür du büßen müsstest. Hungern musst du erst recht nicht. Du hast gesagt, du brauchst knapp viertausend, um zu überleben. Das kriegen wir hin. Du schreibst mir gleich deine Kontonummer auf und die Summe. Sobald ich dich zum Zug gebracht habe, fahre ich zu meiner Bank und mache eine Überweisung klar. Ja oder Nein? Du hast fünf Sekunden: Eins-Mississippi-zwei-Mississippi-drei-Mississippi-vier-

Mississippi-fünf-Miss..."

"Ja."

"Dann schwirr ab und hol deine Plünnen. Ich sauge mir in der Zwischenzeit den Papierkram aus den Fingern."

Malte nickte wortlos und ging. Seine Gesichtszüge hatten sich deutlich erhellt.

Holger setzte sich in sein Auto. Mit seiner kaufmännischen Erfahrung war es ihm ein Leichtes, in kurzen Sätzen einen handschriftlichen Darlehensvertrag mit allem Notwendigen auf einem Blatt aus einem Notizblock niederzukritzeln. Nur für die noch zu klärende Höhe der Raten und den Zahlungsrhythmus ließ er entsprechende Lücken.

Als Holger das zweite Exemplar fertig hatte, war Malte noch nicht zurück. Ob er doch nicht genug Geld zum Checkout hatte? Egal, wenn er dabei auch noch Hilfe brauchte, sollte er diesmal drum bitten. Alles musste man ihm auch nicht auf dem Silbertablett präsentieren.

Holger zog seine Post aus dem Kartenfach in der Tür. Die ersten Briefe waren nur Werbung. Weder brauchte er ein Vehikel *zum Transport von bis zu vier Pferden und mit einer großzügigen Wohnkabine für Sie selbst* noch hatte er Verwendung für ein *außergewöhnliches Einfamilienhaus im mediterranen Stil mit elf Zimmern in unverbaubarer Lage mit Blick auf den Bodensee.* Manchmal fragte er sich, wie ausgerechnet er in den Verteiler für diese Art von Reklame kam. Er war gewiss nicht arm, trotzdem bewegte er sich nicht in den Kreisen jener, die wirklich

Verwendung für die beworbenen Produkte hatten.

Den nächsten Brief mit dem Logo einer Kreditkartenfirma wollte er auch aussortieren, doch er zögerte. Der Brief sah für Reklame viel zu förmlich aus. Das Kuvert war aus schwerem Büttenpapier, und dem Gewicht nach zu urteilen war der Briefbogen auch nicht gerade billiges Kopierpapier aus dem auch sonntags geöffneten Drogeriemarkt im Bahnhof. Holger riss den Umschlag auf.

Er musste den Brief zweimal lesen, bis er den Inhalt verstand. Dann aber verstand er noch viel mehr.

Der Kofferraum ging auf. Malte warf sein Gepäck hinein, klappte die Haube wieder runter und setzte sich auf den Beifahrersitz. "Alles erledigt. Von mir aus können wir."

Doch statt den Motor zu starten, klatschte Holger Applaus. Nicht von begeisterten, frenetischen Art, wie sie einem gefeierten Star zuteil wurde. Es war der langsame, sarkastische Applaus, wie ihn der überführte, aber immer noch hochmütige Mörder in einem englischen Krimi für den erfolgreichen Schnüffler klatschte.

"Glückwunsch! Beinahe hättest du dein Ziel erreicht."

"Ich verstehe nicht?"

"Nein? Dann lass mich dir helfen. Das hier ist der Darlehnsvertrag, den ich gerade zusammengepüttschert habe." Holger hielt beide Exemplare hoch und zerriss sie. "Aber den brauchen wir ja jetzt nicht mehr, da ich das Geld am besten gleich an deinen Gläubiger überweise, hm?"

Es passierte, was eigentlich unmöglich erschien: Malte

wurde tatsächlich blass unter seinem griechischen Teint.

Holger schob Malte den Forderungsbrief mit Pfändungsandrohung unter die Nase. "Oder sollte ich sagen: *Unseren* Gläubiger? Malte, wenn ich mich recht erinnere, habe ich dir damals den Anteil aus meiner Partnerkarte für dein Kreditkartenkonto überwiesen, damit du dafür Sorge trägst, dass ich aus der Nummer raus bin." *Und ich war so blöd, so sehr in meinem Selbstmitleid zu versinken, dass ich mich nicht drum gekümmert habe, das schriftlich zu bekommen,* dachte Holger, stinksauer auf sich selbst. Laut sagte er: "Scheinbar ist das nicht passiert. Da muss etwas gehörig schief gelaufen sein. Ich frage mich nur, was. Vielleicht kannst du mich da aufklären?"

12

"Irgendwie ist es komisch", sagte Christoph. "Zu Anfang war ich so nervös, dass ich am liebsten alles abgeblasen hätte, aber jetzt, wo es vorbei ist, finde ich es schade und würde am liebsten die Zeit zurückdrehen."

Dominique grinste. "*Man soll den Tag nicht vor dem Abend loben* - das sagt man bei euch doch, oder? Denn ganz vorbei ist es ja noch nicht."

"Stimmt, da ist ja noch ein krönender Abschluss, auf den wir uns morgen freuen können."

"Wann wirst du es Holger sagen?" wollte Dominique wissen. "Irgendwann muss er es erfahren."

"Ich weiß. Spätestens am übernächsten Wochenende.

Ich will noch ein oder zwei Dinge vorbereiten. Ein solches Geständnis macht man nicht zwischen Tür und Angel. Dominique?"

"Ja?"

"Ich dank' dir für alles, es war wirklich toll."

13

Malte konnte Holger nur wortlos anstarren. Ratlosigkeit lähmte ihn, denn er hatte noch gut in Erinnerung, wie Holger früher auf beladene Momente mit emotionalen Gewittern reagiert hatte. Damit hätte er umgehen können. Die bedrohliche Ruhe hingegen war neu. Das beunruhigte ihn genauso wie Holgers stechender Blick, der weiterhin eine Erklärung einforderte. Das Klingeln eines Telefons verschaffte ihm eine Atempause.

Holger nahm das Gespräch an. "Clausen? *Ah, hej, Micke. Hvordan er du? ... Tak, jeg har det fint også. Hvad har du på hjerte?'*"

Malte verstand nicht einmal Bahnhof. Seine Dänischkenntnisse umfassten gerade mal *Smørrebrød* und *Pølser*, außerdem hatte er ganz andere Sorgen. In seinem Gehirn ratterte es wie wild.

Holger hingegen verstand um so besser, was Micke am anderen Ende der Leitung sagte: "Ich will gar nicht lange stören. Nur ganz kurz: Ich habe die ganze Zeit über dieses griechische Wort nachgedacht. Jetzt weiß ich wieder, was das ist - mir ist das nämlich selber mal passiert, wenn auch auf Rhodos. Dein *illjaco encamma* heißt eigentlich *iliakó énkama* und ist nichts anderes als ein Sonnenbrand. Ich dachte, das würde dich interessieren."

Holgers Augen verengten sich zu schmalen Schlitzen. "Und wie. Du kannst dir gar nicht vorstellen, wie sehr. Die Info kam genau zur rechten Zeit. Danke für deinen Anruf."

Er beendete das Gespräch.

"So, du Swienjack, nu is Danz op de Deel."

Malte war sofort klar, dass er jetzt endgültig in der Scheiße saß, und zwar richtig.

Ruhig und gefasst sprach Holger weiter. "Ich fasse mal zusammen. Erstens: Du hast es versäumt, die Sache mit der Kreditkarte in die Reihe zu bekommen. Statt wie abgesprochen deinen eigenen Anteil mit meinem zusammenzuwerfen und das Konto zu schließen, ist alles weitergelaufen. Aus Gründen, die mich überhaupt nicht interessieren, ist die Blase jetzt geplatzt. Dadurch hänge ich als zweiter Schuldner in der Haftung und muss den ganzen Klumpatsch zahlen, weil bei dir nix zu holen ist. Korrekt?"

Malte nickte langsam.

"Zweitens: Statt wie ein echter Mann Eier in der Hose zu haben und zu mir zu kommen, um zwar unangenehm, aber anständig und reell reinen Tisch zu machen, hast du mir wieder mal was vorgespielt. Auch korrekt?"

"Ja." Malte wurde noch ein bisschen bleicher, was ein interessant zu beobachtender Effekt gewesen wäre, hätte Holger einen Blick dafür gehabt statt sich nun doch langsam in Rage zu reden.

"Ich frag mich nur eins: Was soll das?"

Maltes Augen flackerten unruhig hin und her, fanden keinen Fokus. Er rang nach Worten. "Wo fang ich da nur an..."

"Das ist mir ziemlich egal. Ich will einfach nur hinter den Grund für das alles kommen. Also schnack endlich."

Malte holte tief Luft. "Du hast recht, das mit dem Kreditkartenkonto ist ziemlich in die Hose gegangen. Genau wie mein ganzer Neuanfang in Berlin. Das war alles viel teurer als ich dachte, und dann hat meine Firma auch noch das Berliner Büro extrem verkleinert, kaum dass ich mich dort eingearbeitet hatte. Zurück nach Hamburg wollte ich nicht, also habe ich der Änderungskündigung nicht zugestimmt und bin ganz rausgeflogen. Die Abfindung war natürlich in null Komma nix aufgebraucht und hat bei weitem nicht gereicht, um mich bis zum nächsten Job in einem anderen Konzern über Wasser zu halten. Dieser Job ist aber nie gekommen. Statt im schicken Dienstwagen zu Terminen bei Premiumkunden zu fahren, kellnere ich seit vier Jahren mal hier, mal dort, um mich halbwegs über Wasser zu halten."

Malte stieß einen Seufzer aus, der so offensichtlich gekünstelt war, dass Holger ihm am liebsten eine reingehauen hätte. "Lange Rede, kurzer Sinn: Es ist soviel schiefgegangen, dass sich ein riesiger Rattenschwanz von Schulden angesammelt hat. Vor allem, wenn man es nicht schafft, seinen Lebensstil den neuen Verhältnissen anzupassen. Shopping im KaDeWe habe ich ebenso wenig gestrichen wie meine Mitgliedschaft im Edel-Fitnessclub in Dahlem. Da häuft sich was an. Vor acht Wochen habe ich dann vierzehn Tage Heraklion gebucht, obwohl das Geld gar nicht da war. Trotzdem habe ich unsere Kreditkarte eingesetzt. Ich musste unbedingt raus aus allem, mir ist da einfach eine Synapse durchgebrannt."

Nicht erst vor sechs Wochen, dachte Holger. Er fragte: "Jetzt kenne ich die Vorgeschichte. Aber was soll diese schlechte Komödie?"

"Ich hatte Angst, Holger. Ganz einfach Angst. Um mich, aber auch um *dich*. Nicht nur du hast über die Gerüchteküche von mir gehört. Natürlich habe ich genau so mitbekommen, wie es dir ergangen ist. Ich hab' dir so wehgetan, das hast du nicht verdient. Gerade du nicht. Der Herzinfarkt auf Kreta hat mich *wirklich* ins Grübeln gebracht."

Malte schwieg für einen Moment und spielte mit dem Anhänger seines Halsbandes.

"*Jetzt* weiß ich auch, dass das alles eine dumme Idee war. Eigentlich wollte ich dir ersparen, dass du wegen mir quasi alles noch einmal durchmachen musst. Der Plan war, dass ich das Geld von dir bekomme, es selber überweise und du vom Pfändungsantrag der Kreditkartenfirma gar nichts mitbekommst. Für die Rückzahlung hätte ich mir noch was einfallen lassen. Ich wollte dich wirklich schonen, hatte nur kein gutes Timing."

"Ach, Malte..." Holger blickte ihn mit einem warmen Lächeln an, das Malte entspannen ließ. Damit war es aber schnell wieder vorbei, als Holger zuckersüß hinzufügte: "Niedlicher kleiner Romancier Malte... Du hast mir in den letzten Tagen soviel gequirlte Scheiße aufgetischt, die gerade sehr eindrucksvoll aufgeflogen ist. Beleidige meine Intelligenz doch nicht, indem du noch dicker aufträgst."

"Du glaubst mir kein Wort?"

"Falsch."

Malte war verwirrt. Mit diesem Hin und Her kam er nicht klar.

"Die Sache mit dem Herzinfarkt glaube ich dir nicht, und es ist eine Frechheit, dass du auf dieser Story beharrst. Aber vielleicht hat der *iliakó énkama* - das heißt übrigens *Sonnenbrand*, wusstest du das? - noch ein paar Synapsen mehr durchbrennen lassen. Man weiß es nicht. Ist letztlich auch egal. Fest steht, dass du nicht mich schonen wolltest, sondern dich. Ganz allein *dich*. Weil du wieder einmal nicht den Mumm hast, deine Scheißhaufen selber wegzumachen."

Holger warf ihm einen kalten Blick zu. Jetzt konnte er das tun, was ihm damals verwehrt worden war: Abrechnen, einen Schlussstrich ziehen.

"Du bist ein Feigling und suchst immer den leichten Weg raus. Deswegen glaube ich dir eines unbesehen - dass du Angst vor meinem geballten Zorn hast. Doch im Grunde bin ich nicht mal sauer. Ich bin enttäuscht. Zehn Jahre waren wir zusammen, zehn Jahre habe ich gedacht, wir würden einander gut kennen. Doch jetzt stelle ich fest, dass nicht nur ich dich nicht richtig gekannt habe, du hast dir auch nie die Mühe gemacht, *mich* wirklich kennenzulernen. Zu keiner Zeit. Sonst wüsstest du, dass ein Donnerwetter von mir gar nicht so schlimm ausfällt, wenn man zu seinen Fehltritten steht. Lügen und betrügen ist das, was mich ausrasten lässt."

Maltes Miene war undurchdringlich geworden, nicht lesbar, weil er jede Emotion daraus gestrichen zu haben schien. Holger schüttelte resigniert den Kopf. Das Muster kannte er nur zu gut - wenn es ernst wurde, machte Malte zu. Doch Holger dachte nicht daran, ihn vom Haken zu lassen.

"Ich frage mich grade, ob du dich überhaupt noch selber kennst bei dem Lügengebäude, das du um dich errichtet hast. Wie jenseits von Gut und Böse muss man für so einen Zirkus sein? Das *muss* doch irgendwann auffliegen. Was geht in deinem Bregenkasten vor? Sag's mir. Ich warte."

Immer noch keine Reaktion. Es hatte keinen Sinn. Holger wollte jetzt nur noch zum Ende kommen.

"Malte Höppner, eigentlich gehörst du ins Kaschott, wo ein glatzköpfiger Stiernacken mit hundertachtzig Kilo Lebendgewicht dich zu seiner Bitch machen müsste. Allein dafür sollte ich die Sache auflaufen lassen. Nur schade, dass eine Erzwingungshaft im schlimmsten Fall auch mich treffen würde. Also werde ich die Summe übernehmen. Komplett. Du brauchst sie mir nicht mal zurückzahlen. Ich schreib' die Summe ab. Um meine Ruhe vor dem Gerichtsvollzieher zu haben, vor allem aber vor dir. Natürlich ist es auch ein Lehrgeld, weil ich mich nochmal auf dich eingelassen habe. Wie sagt man noch? *Schaffst du es einmal, mich zu verarschen - Schande über dich. Schaffst du es zweimal - Schande über mich.* Ich glaube das passt. Eins interessiert mich aber zum Schluss doch noch: Was ist aus dem Kadett geworden? Der ist doch nicht wirklich hinüber?"

"Nein. Der gehört Marvin. Wir waren zusammen hier, und gestern ist er schon mal nach Berlin vorgefahren."

Unvermittelt musste Holger lachen. "Der Hurensohn und seine kleine Schlampe - ihr zwei habt einander wirklich verdient."

Holger griff zu einem Hebel neben dem Fahrersitz. Die Kofferraumklappe ging auf. Ein unmissverständliches Zeichen.

Malte wollte etwas sagen, doch Holger sagte gefährlich leise: "Ein Wort noch, und ich ramm dir dein Gebiss so weit in den Hals, dass du die Zahnbürste in den Arsch schieben musst, um es zu putzen. Und jetzt steig aus. Verschwinde aus meinem Auto, verschwinde aus meinen Augen, verschwinde aus meinem Leben. Bevor ich doch noch selber im Kaschott lande. Wegen *Mord*!"

14

Holger blickte nicht in den Rückspiegel, als er davonfuhr. Scheinbar gefasst lenkte er den Wagen vom Parkplatz der *Pension Fredemarie*, doch schon als er um die nächste Straßenecke gebogen war, zitterte er so, dass er auf den nächsten Parkstreifen fuhr und den Motor abschaltete. Er ließ den Kopf auf das Lenkrad sinken.

Charly hatte ein Gespür für die Stimmungen seines Herrchens. Er zwängte sich durch die Lücke zwischen den Vordersitzen und kroch auf Holgers Schoß. Tröstend leckte er ihm durchs Gesicht. Holger vergrub sein Gesicht in Charlys Fell und heulte erst einmal ausgiebig.

Fünf Minuten später ging es ihm zwar nicht wesentlich besser, doch sein Kopf war wieder klar genug, um gefahrlos weiterfahren zu können. Nur nicht mehr zur Bank nach Grömitz. Jetzt konnte das Geld auch noch bis nach dem Wochenende warten.

Er fuhr zurück auf die Insel. Auf der Hauptstraße nach Burg kam er automatisch an einigen Supermärkten vorbei. Völlig triebgesteuert fuhr er auf den erstbesten Parkplatz, sprang in den Laden und verließ ihn nur wenige Minuten später wieder mit einigen Packungen aus der Tiefkühlabteilung.

Zurück auf dem Hof sprang Charly wie ein geölter Blitz aus dem Auto, kaum das Holger ihm die Tür geöffnet hatte. Die zuletzt sprichwörtlich dicke Luft im Wagen hatte sich auch auf ihn übertragen. Er musste sich jetzt etwas abreagieren.

Holger verstaute seine Einkäufe im Gefrierschrank, bevor er ins Bad ging, um heißes Wasser in die Wanne zu lassen. Der nächste Weg führte ihn zur Stereoanlage. Deep Purples *Laléna* in Endlosschleife und bei voller Lautstärke. Holger setzte sich auf die Bank neben seiner Hintertür. Es würde nicht lange dauern, bis Rod Evans' melancholische Stimme seine Wirkung täte.

Doch der alte Mechanismus versagte. Ein überraschendes, aber gutes Zeichen, denn schon über das Flennen vorhin hatte er sich während der Fahrt zurück auf die Insel maßlos geärgert. Klar, er war sauer auf sich selbst, Malte noch einmal auf den Leim gegangen zu sein, doch das stand im Moment etwas weiter hinten an.

Es war die Tatsache, dass er sich so aus der Fassung hatte bringen lassen, die ihn wurmte - seine Coolness war wie eine schlecht aufgebaute Theaterkulisse zusammengebrochen, kaum dass er Malte aus dem Wagen geworfen hatte. Natürlich stand jetzt auch wieder Vanilleeis im Gefrierfach. Es war so leicht, dorthin zu gehen, einen Becher herauszuholen, sich einen Löffel zu nehmen und drauflos zu futtern.

Nein!

So tief würde er nicht sinken. Und schon gar nicht wegen Malte! Er würde...

"CHARLY!"

Holger hatte keine Ahnung, wie lange der Hund schon vor ihm gesessen hatte. Mehr zufällig, als er für eine Sekunde aus seinen Gedankenstrudeln aufgetaucht war, hatte er seinen Hausgenossen bemerkt. Und dass er wieder etwas angeschleppt hatte.

Noch einmal entfuhr Holger ein "CHARLY!", diesmal mit einem Unterton tiefen Entsetzens. Vor Charly lag ein Kaninchenkadaver.

Panisch sank Holger auf den Boden und sah ihn sich näher an. "Du Unglückwurm - das ist doch Mister Bunny!"

Mister Bunny war ein Zwergkaninchen und der Liebling von Kerstin Jespersen, die für die Kinder unter ihren Feriengästen einen kleinen Streichelzoo angeschafft hatte. Das heißt, er war ihr Lieblingskaninchen *gewesen*, denn Mister Bunny war unzweifelhaft *perdu*.

"Mann, Charly, damit hast du echt dein Ganovenmeisterstück abgeliefert! Fängst nicht nur jetzt auch noch mit dem Jagen an, sondern erlegst gleich beim ersten Mal ausgerechnet Mister Bunny als Beute. Wie bist du nur in den Stall gekommen?"

Nach ein paar Verwünschungen, die scharf genug waren, dass man damit hätte Holz abbeizen können, packte Holger Charly beim Halsband, kam ihm so nahe, bis sich ihre Nasen fast berührten, und sah ihm mit festem Blick tief in die Augen.

"Hör mir zu. Ganz genau. Für dich hat *la dolce vita* ein Ende. Lange. Sehr lange. Gassi nur an der Leine, ein Freilaufverbot für den ganzen Hof und keine Leckerli für drei Monate. Mindestens. Mir fällt bestimmt noch mehr ein. Rein mit dir!"

Er schob den am Boden zerstörten Charly ins Haus und verschloss die Tür. "Fang bloß nicht an zu blarren - das hättest du dir früher überlegen sollen."

Ratlos blickte Holger auf den leblosen Mister Bunny. Das hatte ihm zu gerade noch gefehlt. Was tun? Erstmal auf den Jespersen-Hof mit dem Tier. Dass Charly Mister Bunny auf dem Gewissen hatte, war Katastrophe genug, aber wenn Holger ihn hier bei sich bestattete, würde Kerstin ihm das nie verzeihen. Er holte sich Gummihandschuhe und hob Mister Bunny dann vorsichtig auf.

Merkwürdig. Das Tier schien keine Verletzung zu haben. Kein Genickbruch, nichts. Vollkommen unverletzt. Nur ein bisschen dreckig war es geworden, als Charly es nach Hause geschleift hatte. Wahrscheinlich war Charly gar nicht erst dazu gekommen, ihm das Genick zu brechen oder was ein Jagdhund sonst tun mochte - das Vieh war schlichtweg vor lauter Schiss an einem Herzinfarkt eingegangen. *Dabei hätte der besser jemand anderen erwischt*, dachte Holger in einem Anfall bösen schwarzen Humors.

Erst eine ganze Zeit später sollte ihm klarwerden, was er getan hatte, doch jetzt geschah alles wie fremdgesteuert: Mit der Bürste, mit der er sonst Charly striegelte, säuberte er das Fell von Mister Bunny. Dann brachte er ihn auf den Hof der Jespersens. Der Stall von Mister Bunny stand offen, natürlich. Irgendwie musste Charly ja an das Kaninchen herangekommen sein. Sorgfältig legte Holger Mister Bunny ins Heu und drapierte ihn so, als würde er schlafen. Und dann nichts wie weg.

Natürlich würde es nicht so bleiben. Bevor Kerstin am Sonntag von ihrem Besuch bei Jörn zurückkehrte, würde Holger Mister Bunny anständig beisetzen. Doch jetzt im Moment konnte er einfach nicht. Er war viel zu sehr mit seinem eigenen Chaos beschäftigt. Verdammt, ausgerechnet an diesem Wochenende war von vornherein geplant, dass Christoph erst am Sonnabendnachmittag auf den Hof kommen würde, weil er seinen Laden schmeißen musste. Hanna hatte schließlich auch gelegentliches Anrecht auf ein komplett freies Wochenende. Am Telefon wollte er sein Herz aber auch nicht vor Christoph ausschütten.

Sei's drum... irgendwie würde er die Zeit bis morgen schon durchstehen.

15

Frühmorgens um sechs war Holger doch soweit, dass er beinahe das Gefrierfach stürmte. Die ganze Nacht hatte er mit sich gekämpft. Sowohl der Drang, sich ausgerechnet von Malte nicht unterkriegen zu lassen, als auch jener, sich mit Vanilleeis vollzustopfen, hatten sich in seinem Gehirn eine Schlacht geliefert, die Trafalgar achtzehnhundertundfünf dastehen ließ, als hätten Lord Nelson und Pierre de Villeneuve sich nur zum Austausch von Makrameemustern getroffen.

Düwel ook - der Jieper nagte ganz schön. Dabei ging es bei ihm nur um eine Süßspeise. Wie musste sich da ein Raucher auf Entzug fühlen?

Wieder ging er zum Gefrierfach und stand vor der geöffneten Tür, bis ihm praktisch die Nasenhaare einfroren.

"Lass doch mal die Finger von dem Zeug. Dass du auch immer alles alleine regeln musst!"

Holger erinnerte sich an Christophs mahnende Worte. Und jedes davon war die reine Wahrheit. Diese Sache war ohnehin viel zu groß, um das nur mit sich selbst abzumachen. Sollte er nochmal nach Nysted rüberfahren?

Auf keinen Fall.

Auch wenn es albern war, schämte er sich im Moment viel zu sehr, um Micke unter die Augen zu treten. Der hatte schließlich als erster Zweifel an Maltes Herzinfarkt angemeldet. Berechtigterweise, wie Holger jetzt wusste.

Es war ein harter Kampf mit seinem Stolz, doch Holger sah ein, dass er mit Christoph nicht nur wegen spannendem Sex im Backhuus-Cottage zusammen war.

"Oh, fuck..." Inzwischen war ihm alles so egal, dass er nicht nur Worte in den Mund nahm, die ihm sonst völlig zuwider waren, er pfiff auch ganz normal nach Charly, ohne von der angedrohten Leine Gebrauch zu machen. Der von der geharnischten Gardinenpredigt immer noch völlig zerknirschte Corgi wusste gar nicht, wie ihm geschah, folgte seinem Herrchen jedoch nach einem versöhnlichen "Nu' komm endlich, alter Bagaluut."

Holger sicherte sich noch rasch die Dienste der göttlichen Jette, die ihn mit einem altjüngferlichen "tz, tz, tz" bedachte, aber letztlich froh war, heute etwas zu tun zu haben. Dann machte er sich auf den Weg nach Hamburg.

Holger war kaum auf der Schnellstraße, als er die Freisprechanlage aktivierte und Christophs Nummer wählte. Das Gespräch wurde gleich auf dessen Mailbox geleitet. Holger plapperte einfach drauf los und erzählte die ganze unerquickliche Geschichte mit Malte genauso wie von Charlys Ambitionen, vom Hütehund zum Jagdhund umzuschulen. Er war schon eine ganze Weile unterwegs, als er die Verbindung endlich trennte. Wahrscheinlich würde er bei Christoph im Geschäft sein, noch bevor dieser die Nachricht zu Ende gehört hatte.

Die Buchhandlung machte schon aus einiger Entfernung einen verlassenen Eindruck. Kein Licht brannte, der sonst auf dem Trottoir stehende Tisch mit Remittenden war nicht zu sehen. Im Näherkommen sah Holger, dass das Rollgitter vor der Eingangstür heruntergelassen war. *Heute geschlossen* stand auf Schild im Schaufenster.

Hannas Abwesenheit war selbsterklärend, doch wo steckten Christoph und sein Adlatus? Dominique - wie hieß er noch weiter? Jeanneau..., nein, Jouannest. Dominique Jouannest.

Holger stutzte.

Dominique Jouannest?

Dom. Jou.?

Ein kleines Glöckchen schlug in ihm an, bis es zum nicht mehr zu überhörenden Domgeläut geworden war. Er zog das Streichholzbriefchen vom *Blue Moon Hotel* hervor, das er immer noch in der Hosentasche hatte.

Nächste Termine Fr., 27. Juli, 14 h / Sonnab., 28. Juli, 10 h, Dom. Jou.

Er kannte die Schrift genau, hatte aber nicht geschaltet, als ihm das Briefchen zuhause in die Hände gefallen war. Zum zweiten Mal in nur vierundzwanzig Stunden fielen einige unschöne Puzzleteile an ihren richtigen Platz. Oder waren seine Nerven nach der Aufregung von gestern einfach nur ziemlich überspannt?

Es gab nur einen Möglichkeit, das herauszufinden.

Ein Blick zur Uhr. Kurz vor halb zehn. Das war zu schaffen. Also rüber auf die andere Seite des Hauptbahnhofs.

Wegen seiner Vergangenheit als Sammelbecken für Pest- oder Leprakranke wie auch für Schweinezüchter und andere niedrige Berufsstände, die in den feinen Vierteln um den Jungfernstieg nicht gern gesehen waren, hatten sich auf St. Georg zahlreiche Stifte angesiedelt, die vor allem den gefallenen Mädchen aus der ärmlichen Bevölkerung offen gestanden hatten. Viele dieser Institutionen versahen heute noch die ihnen ursprünglich zugedachten Aufgaben, natürlich an die Zeitumstände angepasst. Einige waren hingegen aufgegeben worden, so dass sich neues Leben hinter ihren Mauern abspielte.

Das ehemalige St. Ellinor Stift lag in einer versteckten Seitenstraße im Osten von St. Georg und gehörte fast schon nicht mehr zu dem Kernstück des Stadtteils, der als weithin bekannter Kiez die Menschen anzog. Es war ein dreigeschossiger Bau in der typischen Hamburger Backsteinarchitektur mit einem großen Torbogen in der Mitte, der in den Innenhof führte. Das Wissen, dass sich hinter den vor zweihundert Jahren für einen frommen Zweck errichteten, nun leicht vergammelten Mauern nun ein Stundenhotel befand, hätte Gründer und Erbauer von St. Ellinor im Grab rotieren lassen.

Holger parkte seinen Volvo in einer freien Parkbucht auf der Langen Reihe, nur wenige Schritte von dem Haus entfernt, in dem seine alte Wohnung lag. Er sah an der Fassade hoch. Das Wohnzimmer war im Moment noch hell erleuchtet, doch schon nach wenigen Sekunden wurde es dunkel. Aus Richtung des Hauptbahnhofs näherte sich ein junger Mann in Shorts, Sneakers und einem T-Shirt, das als Motiv einen Elch in der Uniform eines kanadischen Mounties zeigte. Allein daran erkannte Holger, dass es sich um *Dom. Jou.* handelte, denn anders als bei der letzten Begegnung trug der Student nun einen recht dichten Vollbart.

Dominique ging an dem Volvo vorbei ohne Notiz von Holger zu nehmen. Die Haustür öffnete sich, Christoph trat auf die Lange Reihe hinaus. Er begrüßte Dominique mit einem jovialen Handschlag, ehe sie zusammen fortgingen. Nichts wies auf nähere Intimitäten hin.

Holger wurde ein wenig mulmig, denn ihn beschlich das Gefühl, wirklich nur rosa Elefanten gesehen zu haben, zumal Christoph und Dominique nach nur wenigen Metern vor der Außenterrasse eines Cafés stehenblieben und mit jemandem sprachen, den Holger aus der Entfernung nicht erkennen konnte. Vermutlich gab es einfach nur wieder mal einen Nachlass mit Buchantiquariat für den Laden, und man traf sich, um die Formalitäten zu beschnacken. Das machte Christoph öfter, und warum sollte er nicht auch Dominique zu so etwas mitnehmen. Hanna begleitete ihn schließlich auch gelegentlich.

Holger war drauf und dran, den Wagen zu starten und nach Hause zurück zu fahren. Doch Christoph und Dominique setzten sich nicht zu dem Gast des Cafés dazu, sie gingen weiter. In Richtung des *Blue Moon*.

Eins muss man ihm lassen, dachte Holger, *wenigstens vögelt er mit den anderen Kerlen nicht in unserem Bett.*

Aber warum in so einem Schuppen? Es gab nun wirklich bessere Orte für ein heimliches Tête-à-Tête als ein schwer in die Jahre gekommenes Stundenhotel so dicht an der eigenen Nachbarschaft, wo einen fast jeder kannte. Andererseits - direkt unter dem Leuchtturm ist die Nacht bekanntlich am dunkelsten.

"Los, Kumpel. Das schauen wir uns mal näher an."

Mit Charly im Schlepptau folgte er den beiden Männern in einigem Abstand. Und tatsächlich. Vor dem Eingang zum *Blue Moon* blieben sie stehen. Christoph blickte auf seine Uhr und sah sich dann um - rasch versteckte sich Holger in einem Hauseingang - als würde er auf jemanden warten. Es dauerte in der Tat nicht lange, bis eine dritte Gestalt auftauchte: Ein Mann, etwas älter als Christoph. Die drei kannten sich offenbar schon länger, denn in der Art, wie sie sich begrüßten, lag einiges an Vertrautheit. Allein die Umarmungen ließen Holgers Blutdruck ansteigen. Als sie dann wirklich auf den Eingang dieses billigen, schäbigen Sündenpfuhls zugingen, gab es für Holger keinen Zweifel mehr.

16

"Manchmal frage ich mich, warum ich mich überhaupt auf diese wandelnde kleine Dynamitstange eingelassen habe." Christoph nahm zwei Stücke Würfelzucker und warf sie so wütend in die Tasse, dass der halbe Kaffee herausschwappte.

"Stillhalten!" mahnte Alfred. Mit Desinfektionsspray und Wattebausch säuberte er die Wunde an Christophs Kopf, bevor er ein Pflaster drüberklebte. "Jetzt erzähl nochmal ganz von vorne, warum er dir so derbe eine geknallt hat, dass ich meinen Laden zum Lazarett umfunktionieren darf."

Nach einer kurzen, aber heftigen Szene war Holger verschwunden und Christoph zu Alfred ins *Judy!* gegangen, das näher am *Blue Moon* lag als seine Wohnung. Dominique war auf eigenen Wunsch zurückgeblieben.

"Es war ja gar keine Ohrfeige. Er hat mir nur dieses Streichholzbriefchen an die Schläfe geworfen, das aber mit einer Wucht, die für diesen Lackschaden problemlos gereicht hat."

"Zeig mal." Alfred entledigte sich der Einmal-Handschuhe und entsorgte sie mitsamt den Resten vom Verbandszeug im Mülleimer, ehe er das *corpus delicti* nahm und es eingehend untersuchte.

"Du bist aber auch ein selten dämliches Pastüür... Wer schreibt denn seine Fremdvögeldates auf ein solches Beweisstück? Und wer ist obendrein so dämlich, so etwas auch noch mitzubringen?"

"Ich habe keine Fremdvögeldates mit Dominique, verdammt nochmal." Wütend schlug Christoph mit der Faust auf den Tresen der Bar, die an den Wochenenden und an Feiertagen schon morgens ihre Pforten öffnete und Frühstück anbot. Im Moment war allerdings noch nicht viel los. Die Partylöwen der letzten Nacht lagen noch in seligem Schlummer. "Es ist alles ganz harmlos."

"Den Spruch haben schon Millionen andere Typen gesagt, die nebenbei noch ein paar zusätzliche Eisen im Feuer hatten."

"Hör jetzt auf", warnte Christoph den Inhaber des *Judy!* eindringlich. "Du bist schlimmer als Claire!"

"Hab ich da grade meinen Namen gehört?" säuselte es vom Eingang.

"Wie machst du das nur?" entfuhr es Alfred. "Hast du ein Radar, dass du immer so genau weißt, wann und wo die Rede auf dich kommt?"

"Vielleicht bin ich eine Tochter von Rasputin, der soll doch so viele Mätressen gehabt haben. Vielleicht war meine Mutter ja eine davon?" Claire kam näher. Sie trug einen gut gefüllten Korb bei sich. Wie jeden Sonnabend war sie drüben auf der anderen Seite der Alster zum Einkaufen auf dem Isemarkt gewesen, um sich dort ein paar Besonderheiten für das Wochenende zu gönnen, die sie in ihrem normalen Gemüseladen im heimischen Quartier nicht bekam.

"Machst du mir einen Espresso, Alfred?"

"Für die schönste Frau von St. Georg doch immer."

"Charmeur."

"Einen Orangenmuffin dazu? Selbstgebacken?"

"Wie kannst du fragen? Natürlich!"

"Du lehnst dich aber weit aus dem Fenster mit Rasputin." Christoph griente. "Ist der nicht um neunzehnhundertzehn ermordet worden? Wenn er dein Vater ist, wäre dein Alter mindestens..."

"Dünnes Eis, mein Lieber, ganz dünnes Eis. Wenn du

nicht aufpasst, gehe ich dir so mit den Krallen durchs Gesicht, dass du mehr als nur dieses kleine Pflaster da brauchst. Wie bist du da überhaupt drangekommen? Bist du mit der Klinge abgerutscht? Da oben rasieren sich doch für gewöhnlich nur so junge Bengels mit mehr Testosteron als IQ."

"Das war Holger. Ich hatte vorhin beim *Blue Moon* zu tun, da kam er plötzlich wie eine Furie angeschossen, warf mir vor, das verlogenste Miststück zu sein, das ihm je begegnet ist, und dass er so eine Scharade nicht noch einmal mitmachen würde. Wenn ich keinen Bock mehr auf ein Leben mit ihm hätte, soll ich ihm das gefälligst wie ein echter Kerl ins Gesicht sagen."

"Und?"

"Und - was?"

"Willst du mit ihm Schluss machen?"

"Natürlich nicht!"

"Dann verstehe ich nicht, wie er auf diese Idee kommt", sagte Alfred.

"Ich habe selber keine Ahnung. Beim besten Willen nicht." Nach einem herausfordernden Blick von Claire fügte er hinzu: "Ehrlich nicht. Wirklich."

"Irgendwas muss ihm den Gedanken aber in die Gehirnwindungen gepflanzt haben."

"Vielleicht die Sache mit Malte", überlegte Christoph.

"Was war denn mit Malte?"

"Der ist plötzlich wie ein Springteufel wieder aus der Versenkung aufgetaucht. Warte mal."

Christoph zog sein Mobiltelefon hervor. Er wählte seine Mailbox an. Mit eingeschaltetem Lautsprecher legte er das Telefon auf den Tresen. Alle hörten zu, bis die Nachricht mit "*Ich glaube, das war jetzt alles. Falls ich etwas vergessen haben sollte, kann ich es dir ja auch persönlich sagen. Bin jetzt grade an der Ausfahrt Ratekau vorbei. Eine gute Stunde noch, dann bin ich im Laden. Bis gleich!*" endete.

"Ich habe mir das vorhin schon einmal angehört, bevor ich aus dem Haus musste", sagte Christoph in die folgende Stille hinein. "Draus schlau geworden bin ich nicht. Sicherlich ist das mit Malte ein Schock für ihn, und er ist garantiert auch sauer auf sich selber, ihm nochmal auf den Leim gegangen zu sein. Doch ich begreife nicht, was das mit mir zu tun hat. Ich meine, wenn es bei jemandem Grund zur Eifersucht gäbe, dann doch bei mir? Ich mache auch keinen Hehl daraus, dass ich einiges an Befürchtungen hatte, als diese kleine Kanaille wieder aufgetaucht ist. Was meint ihr?"

Claire nickte. "Unter der Voraussetzung, dass Holger in der Nachricht wirklich alles erzählt hat, was ihn beschäftigt, sehe ich da wirklich nichts, was dich mit der Sache in Verbindung bringt. Da muss noch was anderes passiert sein."

"Aber was?" Christoph war ratlos.

"Die Sache mit dem Kaninchen können wir wohl getrost außen vor lassen", meine Claire trocken.

"Mich macht sein Spruch mit der Scharade stutzig. Dass er das nicht noch einmal will", warf Alfred ein. "Was meint er damit? Wie waren die letzten Wochen bei euch? Besondere Vorkommnisse?"

"Mal abgesehen davon, dass ich ein paar gemeinsame Termine abgesagt habe und gelegentlich nicht für das ganze Wochenende auf der Insel war, nichts."

"Weshalb?"

"Weil Dominique und ich..."

"Aha!"

"Nix *aha*", schnappte Christoph wütend. "Nochmal: Es hat zwischen mir und Dominique keine unzüchtigen Kontakte gegeben. Er war nur mein Komplize."

"Bei was?"

Christoph beantwortete Claires Frage und schob nach: "Ist doch logisch, dass ich das nur klammheimlich erledigen konnte, oder?"

"Das ist unbestritten. Aber Holger war doch sicher *not amused*, dass du so oft durch Abwesenheit geglänzt hast."

"Natürlich nicht. Wobei ich betonen möchte, dass ich jedes Mal für eine anständige Wiedergutmachung gesorgt habe. Er sollte ja nicht das Gefühl bekommen, dass ich kein Interesse mehr an ihm habe."

Claire war hellhörig geworden. "Wie hast du das angestellt?"

"Öhm... pff..." Christoph überlegte. "Einladung zum Sonntagsbrunch im Heinepark, Wochenendtrips, Konzertkarten, Möbel für das Backhuus... Ich habe mir wirklich Mühe gegeben."

"Vielleicht etwas zuviel sogar."

"Wie meinst du das?"

"Ich glaube, weiß jetzt, worum es geht", sagte Claire nachdenklich. Die ungeteilte Aufmerksamkeit der beiden Männer war ihr sicher. "Ihr wisst doch, wie rar sich Holger immer macht, je näher es auf den Christopher Street Day zugeht, oder?"

"Weil Malte damals kurz vor dem CSD mit Holger Schluss gemacht hat", sagte Christoph.

"Danach wollten sie zusammen für zwei Wochen nach Irland", ergänzte Alfred.

"Genau. Und jedes Jahr wird er dran erinnert. Jetzt gerade gehen wir wieder darauf zu. Nächste Woche ist es doch schon so weit. Ausgerechnet zu dieser Zeit passiert etwas Neues mit Malte."

"Stimmt..." Christoph nickte. Daran hatte er noch gar nicht gedacht.

"Das ist aber noch nicht alles. Erinnert euch, was damals dem großen Knall vorausgegangen ist. Monatelang. Jedes Mal, wenn Malte sich - wie wir heute wissen - für ein Rendezvous mit seinem Lustknaben davongeschlichen hat und angeblich auf Dienstreise war, weil er einen Kollegen vertreten musste, ist Holger anschließend von dem kleinen Miststück mit Geschenken überschüttet worden. Ganz besonders kurz vor dem Ende. Karten für den Eurovision Song Contest, ein Wochenende im gemieteten Ford Thunderbird, silberne Kerzenständer, Souvenirs von irgendeinem alten Ozeanliner. Und am achtundzwanzigsten Juli, ihrem zehnten Jahrestag, ist die Bombe geplatzt."

"Oh, Scheiße." Christoph vergrub den Kopf in seinen Händen. Er erkannte die fatalen Parallelen.

"Genau. Die letzten Wochen müssen Holger doch wie ein grausames Déjà vu vorgekommen sein."

"Sagt mal... welches Datum haben wir heute eigentlich?" fragte Alfred in die plötzliche Stille hinein.

"Moment." Christoph sah auf seine Uhr und brach in kalten Schweiß aus. "Bingo."

17

"Hereinspaziert, meine Damen und Herren, hereinspaziert! Menschen, Tiere, Sensationen aus aller Welt erwarten Sie hier in unserer Wunderkammer. Sehen Sie unsere Schlangenfrau aus der Karibik. Einer Python gleich windet sie sich in die unmöglichsten Behältnisse und auch wieder hinaus. Fehlen darf natürlich auch nicht der Mann ohne Unterleib..."

Der Mann ohne Unterleib - damit war Holger gemeint. Gleich würden die Menschenmassen ihn begaffen und sich an seinem Unglück weiden, dass unterhalb seines Brustkorbs eine riesige Lücke...

"Böööööööööörgs..."

Mit einem riesigen Rülpser verschwamm die Kulisse des uralten Jahrmarkts wie in einem Nebelschleier. Holger kehrte langsam in die Realität zurück. Das Gefühl, tatsächlich keinen Unterleib zu haben, verweilte dabei am längsten. Es war unangenehm, doch als es sich verflüchtigte, wünschte Holger sich, er könne es festhalten. Denn als sein Magen sich aus dem Nichts heraus wieder materialisierte, brachte er die Krämpfe mit zurück.

"Uuuuuuuooooooooooh", stöhnte er vor sich hin, als auch noch Übelkeit und Magensäure in ihm aufstiegen.

Er versuchte sich zu erinnern, wie er in diesen Zustand geraten war. Bruchstückhaft setzte sich die Erinnerung allmählich zusammen. Hamburg. Dominique. Charly. Fehmarn. Christoph. Gefrierschrank. *Blue Moon.* Vanille...

Holger setzte sich so schnell es ging auf und spie in den Eimer, der neben seinem Sofa stand, doch es kam nur Galle. Auf dem Couchtisch standen Kamillentee und Zwieback. Erstaunlich, dass er klar genug im Kopf gewesen war, das alles vorzubereiten. Oder hatte er das seiner Großmutter zu verdanken?

Ein Tennisball rollte durch die offene Tür ins Hausinnere, dicht gefolgt von einem übermütigen Charly. Um den Hund hatte die göttliche Jette sich also auch gekümmert! Sie trug ihren Kosenamen wirklich zu recht. Auch wenn es spätestens morgen einen geharnischten Rüffel dafür geben würde, dass er sich so hatte gehen lassen.

Auf dem Kiesweg vor dem Haus näherten sich energische Schritte. "Sieh an, Dornröschen ist aufgewacht."

Holger warf Christoph Blicke wie Rasierklingen zu, sagte jedoch nichts. Einerseits erklomm sein Blutdruck beim bloßen Anblick von Christophs Gestalt schon wieder bedenkliche Höhen, andererseits war es ihm entsetzlich peinlich, wenn er an die Szene vor dem *Blue Moon* dachte, an die er sich nun vollständig erinnerte. Er hatte sich doch mal geschworen, nie wieder so auszurasten, ganz gleich wie verletzt er war. Verdammt, im Moment ging wirklich alles in die Grütze.

"Hallo", erwiderte er darum einsilbig.

"Geht's besser?"

"Mir ist noch ein bisschen flau."

"Kein Wunder. Ich hab einiges an leeren Bechern weggeworfen, nachdem ich dich vom Badezimmer- fußboden aufgekratzt und aufs Sofa geschafft hatte. Du musst ziemlich geschlaucht gewesen sein, dass du nach dem... ähm, Entsorgen... auf der Fußmatte vor der Wanne eingepennt bist." Christoph schüttelte den Kopf. "Du scheinst viele Fragen an das Orakel gehabt haben - drei Liter Vanilleeis... Ich weiß wirklich nicht, was ich da zu dir sagen soll. *Respekt* oder doch lieber *Blödmann?*"

"Ist mir, ehrlich gesagt, völlig egal, was du davon hältst. Was willst du überhaupt hier? Deine Plünnen holen für deine neue Brunfthöhle? Dann nimm sie dir und verschwinde."

"Holgi, ich gebe unumwunden zu, dass ich ziemlichen Mist gebaut habe, indem ich einfach nicht dran gedacht habe, was jedes Jahr um diese Zeit mit dir geschieht. Ich könnte mich dafür selber treten, in meinem Enthu- siasmus nur daran gedacht zu haben, dir eine Über- raschung zu bereiten."

"Das ist dir vortrefflich gelungen."

"Schade nur, dass du die Überraschung durch meine Schuld vollkommen missverstanden hast." Christoph setzte sich neben Holger und legte eine Hand auf des- sen Oberschenkel. "Hör zu, Schnuffel, ich..."

"Wenn du jetzt wie in einer schlechten Hollywood- schnulze *'Ich kann dir alles erklären'* sagst, klatscht es. Und das wird bestimmt kein Beifall sein!"

"Bitte, dann eben nicht." Christoph zuckte mit den Achseln. "Statt auf *in vino veritas* scheinst du lieber auf *in gelato veritas* zu bauen. Soll ich noch schnell ein paar Becher besorgen?"

"Hrmpf-uuargh!" Holger steckte den Kopf wieder in den Eimer und kotzte. "Mistkerl!"

"Ich bin schon Schlimmeres genannt worden." Christoph gab sich unbeeindruckt. Dabei tobte in ihm das Chaos. Seit dem Zielwurf mit dem Streichholzbriefchen lief nichts mehr nach Plan. "Aber vielleicht bist du jetzt gewillt, mir zuzuhören. Ja, du hast recht - das *Blue Moon* ist ein Stundenhotel. Ja, du hast recht - ich bin regelmäßig mit Dominique dorthin. Womit du hingegen meilenweit daneben liegst, ist deine Annahme, dass es unser kleines Lustboudoir ist. Im Hinterhaus ist nämlich die Werkstatt der Goldschmiede Reshöft. Früher lag die im Geschäft der Reshöfts im Hanseviertel, aber weil die Ladenmiete so hoch geworden ist, haben sie ihre Fläche verkleinert und sind mit der Werkstatt umgezogen. Nein, Kleiner, jetzt nicht." Charly hatte Christoph den Tennisball gebracht und wollte weiterspielen. "Ab ins Körbchen mit dir."

Charly trollte sich.

"Die Reshöfts sind Dominiques Gasteltern. Der Mann, den du mit Dominique und mir gesehen hast, war Matthias Reshöft, sein Gastvater", fuhr Christoph fort. "Als Dominique bei mir angefangen hat, sind wir recht schnell deswegen ins Gespräch gekommen, und schon zwei oder drei Tage später ist daraus die Idee entstanden, dass ich bei den Reshöfts einen Gold-

schmiedekursus mache. Dominique hat ihn auch gemacht. Er hat nämlich überhaupt kein Interesse an
Kerlen, und an mir schon gar nicht, weil zuhause in
Trois-Rivières eine ganz süße Freundin auf ihn wartet.
Als besonderen Gruß aus der Fremde möchte ihr einen
selbst geschmiedeten Ring schicken. Wir haben uns die
Materialkosten geteilt. So einfach isses." Christoph zog
ein kleines, mit Samt umschlagenes Kästchen aus seiner
Hosentasche. Holger wollte etwas sagen, doch der Blick
in Christophs Augen ließ ihn verstummen. "Das hier
habe ich übrigens fabriziert."

Christoph ging vor Holger auf die Knie und öffnete
das kleine Kästchen. Zum Vorschein kamen zwei Ringe
aus Weißgold, jeder etwas über einen Zentimeter breit.
Eingraviert war der Schriftzug *H & C*, flankiert durch
Stilisierungen des Michels und der Fehmarnsundbrücke.
Alles leicht windschief, etwas ungelenk - und so perfekt.

Nun wurde es doch noch eine Hollywoodszene, aber
das war jetzt auch egal. Christoph nahm Holgers Hand.
"Holger Clausen, du süßer kleiner, völlig verrückter, in
meinem Leben unentbehrlicher Sturkopf - möchtest du
mein Ehemann werden und mit mir..."

Zu mehr reichte es nicht. Christoph hatte mit einem
Schlag jeden Funken Souveränität verloren.

Ebenso weit entfernt von jeglicher Souveränität war
Kerstin Jespersen. Vor einer Stunde war sie aus Bad
Zwischenahn zurückgekehrt und hatte auf ihrem Hof
eine Situation vorgefunden, mit der sie nicht umgehen
konnte. Zitternd ging sie auf den Dünenhof hinüber
und klopfte beim alten Knechtshaus an. Es dauerte eine

Weile, bis die Tür aufging, hinter der zwei um die Wette strahlende Männer standen.

"Moin, Kerstin", rief Holger. "Alln's klar?"

"Nein, nichts ist klar. Überhaupt nicht. Mann, bin ich fertig."

"Großer Gott, Deern, komm erst mal rein." Christoph zog Kerstin über die Schwelle. Per Blickkontakt verständigte er sich mit Holger, im Moment besser noch nicht zu verkünden, dass sie seit ein paar Minuten verlobt waren. "Du siehst ja vielleicht aus..."

"Stimmt etwas nicht mit Jörn?" fragte Holger besorgt. "Du kommst doch sonst erst sonntags zurück."

"Nein, dem geht's gut", schniefte Kerstin. "Er ist von seinen Therapien und Anwendungen nur so erledigt, dass er an diesem Wochenende einfach seine Ruhe haben wollte. Darum bin ich wieder gefahren. Ich habe nur gerade einen riesigen Schock bekommen. Als ich nach Hause gekommen bin, wollte ich wie immer als erstes die Kaninchen füttern. Plötzlich lag Mister Bunny in seinem Stall."

Holger schloss gequält die Augen. Jetzt hieß es, vorsichtig zu sein. Zur Ablenkung führte er Kerstin ins Wohnzimmer, schob sie in einen Sessel und brachte ihr einen Köm. "Hier, trink den erstmal."

"Danke." Kerstin kippte den Köm auf ex. "Der war nötig. Jungs, sowas habe ich noch nicht erlebt."

Holger und Christoph fanden Kerstins Benehmen seltsam. Sie wussten, wie sehr sie an Mister Bunny gehangen hatte. Normalerweise hätte sie in Tränen aufgelöst sein müssen, doch statt dessen war sie nur verwirrt.

"Ich versteh das nicht. Eigentlich dürfte er gar nicht da sein."

"Hä?" entfuhr es Holger.

Kerstin hatte es nicht gehört. "Am Donnerstagabend beim Füttern war er noch gut bei der Sache. In der Nacht muss er dann gestorben sein, Freitagmorgen beim Füttern war er nämlich tot. Er war ja schon alt, und ich musste damit rechnen. Ich habe ihn dann in meinem Aurikelbeet begraben, bevor ich los-gefahren bin. Und jetzt liegt er wieder in seinem Stall - ganz sauber und mit glattem, glänzenden Fell. Als wäre er gerade erst eingeschlafen. Ich komme mir vor, wie in einem schlechten Zombiefilm."

Während Christoph sich bei verräterisch zuckenden Mundwinkeln auf die Zunge biss, nahm Holgers Gesicht die Farbe einer Backbordlaterne an. Aurikel! Er drehte sich langsam um und ließ den Blick auf der Suche nach seinem Hund schweifen.

"CHAAAARLYYYYYY?!"

Doch der hatte sich längst aus dem Staub gemacht.

Holger und Christoph -
so fing es an

Wodka für die Königin

von Gerrit Jan Appel
als Printausgabe (ISBN: 978-3-8391-7234-6)
und als eBook erhältlich

Als Christophs Wohnung ausbrennt, ist es eine Selbstverständlichkeit für Holger, dass er seinen besten Freund bei sich aufnimmt. Doch das ungewohnt enge Zusammensein fördert einige Reibungspunkte zutage, welche trotz ihrer Situationskomik für Außenstehende die Freundschaft der beiden Männer in schwere Fahrwasser geraten lassen.

So schwer, dass einer der beiden das heimatliche Hamburg verlässt, um mit einem Ferienhof auf Schleswig-Holsteins Sonneninsel Fehmarn ein neues Leben zu beginnen.

Doch selbst über diese Entfernung hinweg schaffen es Holger und Christoph, sich wie ungezogene Schulkinder miteinander zu erzürnen. Ihre mütterliche Freundin, die ungewöhnliche Seniorin Claire, kann sich über die beiden Kindsköpfe nur wundern, denn sie ist sich absolut sicher, dass die Jungs mit ihren vorlauten Mundwerken und vor allem ihrem nicht unterzukriegenden Humor auch diese Klippen sicher umschiffen werden. Bis Holger und Christoph endlich begreifen, dass alte Damen für gewöhnlich recht haben, müssen sie allerdings erst ihre Starrköpfigkeit überwinden. Gar nicht so einfach, wenn das Sternzeichen Stier in ihrer Konstellation gleich zweimal vorkommt...

Mehr über Gerrit Jan Appel im Internet:
http://wortgepuettscher.wordpress.com